威尼的梦想

WEI NI DE MENG XIANG

李玉樟 著

SPM 南方传媒 花城出版社
中国·广州

图书在版编目（CIP）数据

威尼的梦想 / 李玉樟著. -- 广州 : 花城出版社, 2023.3
ISBN 978-7-5360-9845-9

Ⅰ. ①威… Ⅱ. ①李… Ⅲ. ①长篇小说－中国－当代 Ⅳ. ①I247.5

中国国家版本馆CIP数据核字(2023)第023275号

出 版 人：张　懿
责任编辑：蔡　宇
责任校对：汤　迪
技术编辑：凌春梅
封面设计：姚　敏（迟迟工作室）

书　　名　威尼的梦想
WEINI DE MENGXIANG
出版发行　花城出版社
（广州市环市东路水荫路 11 号）
经　　销　全国新华书店
印　　刷　佛山市浩文彩色印刷有限公司
（广东省佛山市南海区狮山科技工业园 A 区）
开　　本　889 毫米×1194 毫米　32 开
印　　张　6.625　1 插页
字　　数　128,000 字
版　　次　2023 年 3 月第 1 版　2023 年 3 月第 1 次印刷
定　　价　39.80 元

如发现印装质量问题，请直接与印刷厂联系调换。
购书热线：020－37604658　37602954
花城出版社网站：http://www.fcph.com.cn

目录

第一章

※

在美丽的塔亚大陆上，有着许多的奇幻色彩，也有着普普通通的公民、拥有特殊领导力的贵族、持有勇猛力量的骑士，更有擅长奇妙魔法的巫师。其中，七个古老的贵族拥有特殊力量，分别为势力最大的威尼家族、亨利家族、塔克家族、莉娜家族、利亚家族、卡佩家族、约翰家族。威尼家族位于大陆的最东方，塔克家族在最西方，利亚家族在最北方，莉娜家族在最南方，其他三个家族则在大陆的中央平原地区。

这些家族有着不同的祖训，他们的宗旨往往也不一样，为形成这样的地域分布埋下了祸根。贵族之间也会为自己的领地，因利益冲突而相互征战。人丁的多少、后代的强弱都会成为一个家族的头等大事，也是所有人共同关注的焦点。这一天，威尼家就出了大事。

一个金碧辉煌的城堡中，传出了婴儿的哭声："呜呜呜……"美丽的王后诞下了一位王子，举国都沉浸在这欢乐之中。国王是威尼家族的长子，跟随其父亲统一了塔亚大陆，建立了维尔王国。老国王在开国不久后就因年迈去世。王位由新国王威尼一世继承。他正处于年龄的巅峰期，在军中也有很大的威望，其他贵族也只能承认威尼一世。威尼一世顺理成章地成为新的国王。而现在这个新王子的诞生，意味着王位有了继承人。国王威尼一世因此也非常开心。他下令将这一天立为“诞生日”，今后每年这一天都免税并全国狂欢，农夫不耕种，渔夫不捕鱼，铁匠不打铁……城内的居民会欢聚一堂，穿着花花绿绿的衣裳，出门载歌载舞。生活在城外海边的渔夫，森林中的猎人……也都会往城里汇集，等待着夜晚的到来。这一天晚上，国王会在中心广场主持狂欢派对的开幕。

威尼一世的弟弟扎克，高大威猛，身穿黑棕色的铠甲。他是威尼家族的大将军、骑士长，也是威尼公爵，荣誉仅次于威尼一世。他跟着威尼一世征战四方，老国王生前对这个小儿子也非常喜爱。维尔王国有两位优秀的王子，未来定是一片繁荣。扎克在威尼一世面前一直表现得十分谦逊，处处小心行事。国王对这位弟弟没有任何戒备心，反而十分信任。可扎克悄悄地谋划着一场政变，准备在“诞生日”这天晚上动手。

“快点走，麻溜点儿，国王等着你们新贡的葡萄酒呢！”总管克鲁斯大人说道。仆人怯怯地问：“大人，这是什么酒？国王这么喜欢喝？”克鲁斯提着语气，傲视着仆人说：“你个小东西，问那么多。这是扎克大人每年进贡的红葡萄酒，只有国王才可以喝。每年就只有一杯。”听说，喝了这酒，会增强自己的力量。当初国王征战时勇猛无敌，就是靠这酒一直给予的力量。但要酿成这酒，需要一块神石上面凝聚的露水，耗时一年才可以积攒出一杯；然后用这水去酿红葡萄酒。这块神石有重兵把守。

夜幕很快降临，民众、爵士、贵族们早已在中心广场上聚集，等待着国王的宣讲。王公大臣们也都在城堡上方的平台中等待着国王出现。威尼一世坐在内厅王座上等待着，待开幕时间一到就出发。“国王陛下，这是扎克大人送来的酒。”内管克鲁斯轻声说道。国王瞟了一眼，拿起杯子，喝了下去。随着开幕的钟声敲响，黄金骑士团，也是国王的禁卫军踏出规整的步伐，在广场列队，闪耀的金色盔甲与武器，为夜晚增添了不少光芒。国王来到城堡上的平台，正式宣布：“狂欢之夜现在开始。”

绚烂多彩的烟花从城堡四周射向天空，在夜幕中绽放，像美丽的花朵、飞翔的蝴蝶、五颜六色的流星、闪烁的小星星……人们有的拿着纸灯，放上夜空，有的拿在手中飞扬，还有的拿着树叶，有一捆一捆的，有一根一根的，样式多彩多姿。小姑娘跳着各种各样的舞蹈，唱着动听的歌欢庆着。狂欢节的烟火飞扬，明灯飘荡，树叶摆动，狂欢的人们沉浸在其中。

国王望着这片祥和的景象，脸上也挂满喜悦。他回到城堡内，却突然胸口剧烈疼痛，一口鲜血从嘴里吐出。“医师！医师！”瞬间，城堡内陷入一片混乱。扎克率领数百名威尼家族精锐士兵从城堡的密道进入皇宫，控制了现场。国王看出了扎克的意图，奄奄一息地喊出："快！带着王子逃出城堡！""不要让王子逃了，封住所有出口！"扎克说完，将巨剑挥向国王，结束了国王的性命，没有一丝怜悯。他来到存放神石的地方，哈哈哈地大笑了起来："这就是我渴望已久的力量！有了它，我就可以统治塔亚大陆！"

神石是威尼家族的老国王留下的，只有国王的血脉才可以拥有它的神力。它让威尼一世在战场上拥有超越他人的力量。扎克对这神石也是渴望已久。

"国王待你不薄，你为什么要反叛？我求求你不要伤害威尼……"王后无助地说。扎克板着脸，轻轻地对王后说："这一切，都是为了实现我自己的时代。我也是老国王的儿子，为什么不能由我当国王。"说完，他便让人将王后关了起来，拖着巨剑向年幼的王子走去。总管克鲁斯在这一刻突然冲进内宫，一把从士兵手中抢过王子，挥舞权杖，两下便将士兵击退。他作为威尼家族的第一法师，克鲁斯的魔法能力算是大陆中的顶流了。他一路从皇宫杀到城门，守门的卫兵正要冲向克鲁斯，这时守城门将喊住士兵："打开城门，放行！""骑士你疯了吗？这样子我们会没命的！"卫兵说。"放行！"这位守卫城门的骑士露出坚定的眼神。克鲁斯看大门一开，立马冲出。扎克此时也追到城门口，一击飞剑将守门的骑士刺死，并喊道："抓住他，不要让他跑了！"可是克鲁斯的飞越法术太过厉害，最终逃出了这重重包围。他因为救威尼受了很重的伤，身上有多处剑伤和刀伤。眼看自己活不了多久，他便将年幼的王子带到一个偏远的郊区——莉娜农庄，也就是七大贵族中的莉娜家族。这里的族长、同时也是农庄庄主的莉娜小姐，和克鲁斯是儿时玩伴。他嘱托农庄庄主莉娜小姐，一定要好好照顾这个年幼的王子威尼。交代完后，他看了看在怀里的小王子，他睡得很甜，两只眼闭得紧紧的，像两条线，弯弯的眉毛像新月，小嘴巴时不时动一下，好像在吃奶。小王子浑身被小被子包住，还用绳子扎紧，一动也不动。克鲁斯看着睡得如此香的威尼，脸上不由得露出笑容。

莉娜小姐很美，洁白的面容，淡色的眉毛，挺秀的鼻梁，淡红的双唇，而她淡静的眼睛里有着恍如海洋般深不见底的感情。她看向这小王子，流露出母亲般的深情。风轻轻地吹过，克鲁斯的生命走到了尽头，他的身体化成碎片飘向天空……

农庄很大，有着一望无际的玉米园。莉娜家族是贵族中最没有野心的家族，因为不想参与其他贵族的争夺战，而退隐到偏远的郊区。他们在这建立大农庄，过着自给自足的生活。

维尔城堡这边，扎克靠着不干净的手段登上了王位。他正在镇压反抗他统治的势力。消息一传出，大陆各地的贵族蠢蠢欲动，打算趁乱脱离威尼家族的统治。扎克可能自己也没有意识到，这样一个原本可以安宁下来的王国，会因为这一次政变而再一次分裂，又陷入战乱之中。威尼家族之所以可以建立王国，是因为依靠强大的武力，由此统一了大陆。威尼一世继承王位后，为了能够稳固政局，实行贵族自治的政治体系，但有一个条件，就是不允许贵族之间私下发起地盘扩张的战争。这个法令一出，七大贵族也都相对和睦了起来，只要每年为维尔城堡带来粮食作物或者当地可以提供的物资就可以。威尼一世的想法是以和平的方式对塔亚大陆进行统一，消除连年的混战，同时使生活在这片土地的民众得到安宁。他的仁政得到大家的拥护，有很高的声望。而扎克是想要对所有贵族进行真正的管理，统一条令和刑律，还渴望权力与力量。他觉得这个威尼一世太过仁慈和保守，才引发了这一场政变。

政变发生后，扎克渐渐地控制了维尔城堡及其周边地带，还有整一片威尼家族的土地。他对外发放消息，说无论平民还是贵族，只要愿意臣服，就既往不咎。如果和维尔城堡对抗，那么他将率领黄金骑士团用武力的方式解决。黄金骑士团就是威尼家族的主力军队，让人闻风丧胆。尽管维尔城堡已经发出公告，但是，其他贵族似乎约定好的样子，都不向他臣服。他们有的为利益，有的为自由，有的因为世代的矛盾……总而言之，他们不希望自己被谁统治着，相反可能有一些贵族想要趁机对别的力量进行统治或打压。

战乱连年让原本美丽富饶的塔亚大陆变成贫瘠之地，原本因短暂的和平而展现的繁荣气息，现因政变又回到分裂的状态，人们又陷入了黑暗的泥潭……

第二章

※

时间过得很快，威尼长成了一个俊俏的男孩。他在农庄度过了一个很美好的童年。莉娜小姐的农庄中间有一个城堡，对比维尔城堡显然是不值一提。城堡的西边还有一些小房子，是农民和一些仆人住的；南面则有一片草坪，这片草坪是威尼的游乐场。草坪不是很大，但也足够养几只奶牛和小羊羔，其附近还有一个小小的鸡窝，小鸡们咯咯咯地，每天唤醒着庄园。除了这些，剩下的就是围绕着建筑的玉米林了。

自记事开始时，威尼就有一颗爱冒险的心。他也崇尚着骑士精神，但由于养母莉娜小姐主张无争教育，他一直压抑着这个威尼家族的骑士精神。他的力量与能力也比普通人厉害。小小年纪的他，就可以举起一块大石头。他幻想着，有一天长大了，可以去看看外面的世界。

农庄很大，威尼从来到农庄，至今都没有到过农庄的尽头。他的活动区域也只是房子附近的草坪。莉娜小姐会看着他，避免他跑远，也下令仆人不可以随便开放玉米林地的道路。农庄与外面的连接，是一大片玉米林。莉娜太担心威尼有所闪失，这就对不起她的老朋友。威尼望着玉米林中的道路，眼里充满着求知的欲望。

威尼人生中的第一个好朋友是索尔。索尔是农庄管家的孩子，和威尼的年纪相差不大。他们自然而然地就玩到一块。索尔性格懦弱，眼睛无神且涣散，加上黝黑的皮肤，眼神显得更加灰暗。到了晚上，他如果不出声、不笑，闭着眼睛，可能不需要任何魔法，都可以隐身了。他凡事都怕会发生不好的结果。管家对他也十分严格，他一做错事情，管家便会对他实行家法。说是家法，其实就是拿着鸡毛掸子打他，告诫他以后不许再犯。可能因为如此，索尔便渐渐形成这样的性格。对比之下，威尼是无论看人或物，都透露着一股坚定，双眉似两笔墨痕，无不透露出自信。

一天，威尼实在忍不住，想要跑出农庄看看。于是他便找到索尔。“嗨，和我去冒险吧！我们走出这个农庄，看看外面长什么样吧！”威尼激动地说道。“什么？你疯了吧？走出农庄？我不干。”索尔害怕地说道，“你忘了上一次，只是和你一起翻越通往玉米林的围栏，我回去后就被我的父亲打了一顿，还面壁了三个小时呢！”说完，索尔就想转头走。可威尼抓住索尔，说：“你不陪我去，我就去和你父亲说你也偷吃玉米饼的事。”

玉米饼是这个农庄独有的能力补给品，是专门用来供骑士战斗后的最好补给品，也十分之稀缺。上一次，就是威尼带着索尔干了偷吃玉米饼这件事。整个农庄的人都在寻找偷吃的人。后来因为事情的严重性，威尼主动去找莉娜小姐承认了这个事情。因为是威尼偷吃的，所以莉娜小姐也没有怎么怪罪他。这件事也就不了了之。

索尔经不住威尼的这般“威胁”，只能被迫跟着威尼翻进玉米林。玉米林很高，林叶茂盛，沿着小路走，遮天蔽日，可以看见硕大的玉米果实，沉甸甸的，也能闻到满园散发的玉米味，香喷喷的，还时不时可以听见昆虫传来的叫声，喳喳的。他们沿着小路一直跑。清风划过脸颊，威尼心中不由得激动起来——这也许就是他心中渴望的冒险，给他带来新鲜感。他一路狂奔，像一匹脱缰的马。索尔跟在威尼后面，踉踉跄跄地喊道：“嗨！别跑那么快，等等我。”他们冲出玉米林，可是出现在他们眼前的，是一片漆黑的森林。威尼愣住了。他以为跑出玉米林，面对的可能会是平原或大海，没想到又是一片森林。

一阵大风吹过，索尔打了个寒战，说道：“威尼，咱们回去吧，等被发现了就惨了。”威尼盯着森林深处，双眼放光。索尔看出威尼的心思：“我可不陪你再走进去了。我们赶紧回去吧，天晚了。”威尼恋恋不舍地往回走，他的心中充满激动，因为在他看来，冲出了玉米林是冒险的第一站。他越过了第一个标点，接下来他要越过森林。

回到家中，他看见莉娜小姐在饭桌上，正等着他一起吃饭。威尼若无其事地问道：“姨母，玉米林外有什么呀？”莉娜其实已经知道他今天跑出了玉米林。她心里也知道这庄园最终还是留不住威尼的。即使他不知道他自己的身世，但他体内流淌的威尼家族的血液还是会促使他去冒险、去决斗、去征服。自她收留了威尼，家族的长老们一直在反对。他们害怕威尼会引来灭族的灾难，引来维尔城堡中的黄金骑士。

莉娜没有嫁人，也没有孩子。家族中的长老多次劝说，可莉娜还是不管这些。她回忆起自己的童年，那时的克鲁斯还活着，她和他是青梅竹马。克鲁斯很喜欢莉娜，莉娜想要天上的星星，克鲁斯就用魔法给莉娜的房间变出了一个吊着很多小星星的天花板。克鲁斯不开心了，莉娜会在一旁哄着他，陪着他，再抱抱他。他们两个也很顽皮，一直在给农庄惹麻烦：把马蜂窝丢进玉米林，让采摘玉米的农民吃了大苦头；跑去河里破坏渔民的渔网，把渔网中的鱼换成海草……克鲁斯也没少挨板子，在莉娜面前也没少丢脸。他每次去冒险、去恶作剧后回来时狼狈的样子，都会逗得莉娜开怀大笑。莉娜每次看见克鲁斯，都是眼睛充满着光芒。后来，威尼家族不断地壮大实力，克鲁斯也想成就一番事业，不想留在这个农庄之中。他潜心修炼自己的法术，直到有一天威尼一世抵达了莉娜领地，他便追随威尼一世离开了农庄。在克鲁斯送来小威尼之时，她或许已经把自己情感代入，看见威尼的那一刻，就已经想好了这一切。

莉娜对威尼说："外面的世界我也不知道呀，这个需要你自己去探索。"说完，她便流下了眼泪。威尼有些不知所措。威尼知道，他姨母的脸上，总是挂满忧虑与悲伤。威尼心中也复杂了起来，他知道姨母对自己的依赖，希望自己好好地、健康地在农庄无忧无虑地生活下去。但威尼心中有很多不解之谜：莉娜小姐养大他，他却只称她为姨母，那他自己的父母呢？他始终认为这一切都要他自己去探索、去了解，不然，他活着太没有意思了。威尼还是决定要离开农庄，去探索未知的世界。

晚上，威尼躺在草坪上看着星星，嘴里叼着小草。他望着天，想象他的父亲是什么样的一个人。他的姨母莉娜小姐只告诉他，他的父亲是一位勇敢的骑士，后来在战争中牺牲了。威尼也幻想着和他的父亲一样，成为一个骑士。索尔走了过来，躺在威尼旁边说："今晚的星星挺多的呀。"见威尼没理他，他闭起眼睛，也叼着一根小草，问道："你真的要离开吗？"这句话一出，威尼马上有了反应，看向索尔回答道："当然了！虽然我很舍不得姨母，但我还是得离开。我要去冒险，去学习如何成为一个真正的骑士。"索尔翻来覆去好几次，小声地说道："那我陪你一起去吧。虽然我只会一点点普通的魔法。但是如果你走了，我待在农庄也会很无趣，还得让我父亲揍。"威尼一下子跳了起来，不可思议地喊道："真的吗？！你要和我一起出发吗！你不害怕吗！""居然这么小瞧我！至少我可以作为一个法师给你帮助，给你带着玉米饼，带一些生活物资什么的，还是可以的。"威尼拿起附近的一根小树枝，挥舞起来，想象着骑士挥舞着巨剑。索尔也跳了起来，发动藤蔓魔法为威尼壮起声势。藤蔓从草坪中升起，搭起一个决斗台。威尼手中的小树枝经过藤蔓的编织，变成一把宝剑，看起来有模有样的。索尔还用魔法搭起一个巨大的用芭蕉叶做成的小帐篷。就这样，他俩在草坪上玩了一晚上。

第二天早上，他俩各自回到房间，简单收拾了一下行李。威尼带足了玉米饼，来到城堡大厅，告别莉娜。莉娜此时此刻已经哭成了一个泪人。她抱着威尼，吩咐身边的仆人拿出为他们准备的干粮和金币，递给威尼。莉娜嘱咐他们如果走不出森林，就回来，一辈子都不能离开农庄了。威尼点点头，流泪告别。

他们正式离开庄园，踏上新的征程……

第三章

※

走出农庄，威尼和索尔望着那一片漆黑的森林，对视了一眼，咽了咽口水。他们向着森林出发，幽暗的小路两侧树木林立，枝繁叶茂，阳光都无法照进林中。灌木丛的形状各异，有站立着的，有躺下的，有的掰开成两半的……细枝众多，凌乱无序，像一个个张牙舞爪的妖魔鬼怪，再加上一股股阴风吹过，呼呼呼地，茂密又高挑的草丛摆动了起来。索尔已经开始颤颤巍巍的，眼睛不停地看向四周，翻起手掌，做好随时战斗的准备。威尼则握紧着昨晚做好的那把简陋的“宝剑”，一向大胆无畏的他，现在也屏住呼吸，小心翼翼地穿过小道。

这时，“嗖”的一声，好像有什么东西从他们的身后穿过。两人瞬间冒出冷汗，索尔大叫了起来：“快跑吧！”威尼被索尔这样一喊，也吓了一跳。他们快速奔跑起来。威尼用手中的宝剑劈开阻挡的树叶和树枝，越过灌木丛，远远地发现前面有点光芒。“快看快看，我们好像快走出森林了。”威尼说道，“看来这片森林也没有我们想象中的那么大嘛。”光点慢慢变大了起来，他们离光点越来越近。穿过这片树林，呈现在他们眼前的是大雨过后的天晴，阳光照耀着大地，一片花海繁茂，开满各式各样的花朵，红的、蓝的、绿的、黄的，五彩缤纷，蝴蝶成群，宛如仙境……风吹过，花瓣与蝴蝶交织在一起，像一条条彩带在空中飞舞，雨水在花蕊上形成一颗颗晶莹剔透的“珍珠”。狂奔后的他们，放慢了脚步，走进花海，原本快被汗水浸湿的衣裳，再次被叶子上的雨水沾湿，现已经完全湿透了。对没出过庄园的威尼和索尔来说，一切景色都是很新奇的。他们找到一小块空地，准备搭一个简单的休息地，还捡了一些没有被打湿的枯树枝，堆在一起，升起了篝火堆，并在两旁竖起木条，往上面挂上湿透的衣服。索尔刚想再次用魔法搭起一个蕉叶帐篷，准备今天晚上在这儿休息。威尼却说：“现在还挺早，我们还是继续赶路吧。”“啊！可是我们刚刚穿过诡异的奇幻森林耶，就这一段路程，已经把我吓得个半死了。”索尔叨叨地说了起来。威尼大笑道：“看看，快看看你这个胆小鬼！”索尔不服气地反驳：“你看看，你自己刚刚跑得比兔子还快！还好意思说我！”“那还不是你乱喊乱叫害的，明明没有什么。”这样你一句我一句，两人吵得不可开交。

同时，在庄园的一边，莉娜通过魔法石，看着他们的这一路，也笑了起来。管家问：“要不要派两个人暗地里保护他们？”莉娜沉默了一会儿，说道：“不用了，我相信威尼家族的血脉，会让他成长为一个勇敢的骑士的。他未来的路还长着。”“可……他们一旦越过花海后面的山脉，我们就无法观察到他们了……一旦有危险，就……”管家支支吾吾地说着。“放心吧，相信他们。”莉娜说道。

威尼和索尔穿好了衣服，系上背袋，继续向前出发。一路上，威尼挥舞着手里的宝剑，心想：下次要是像刚刚那样子，我一定不可以逃避；我要决斗，展现我的骑士精神。索尔则跟在威尼身后，两步一个坐，三步一个翻滚，踉踉跄跄地走着。不久后，他们就来到了山下。可想要上山，得先想办法越过前面的深沟。在他们面前，有一条深不见底的沟壑。索尔先探出脑袋往深沟望去，烟雾弥漫，根本看不见沟壑底下有什么。他丢了块石头下去，过了很久才传回掉落的声音。威尼问道：“你的藤蔓魔法可以伸到对面吗？”“嗯……好像不行，够不着，我们可能得想想其他方法了。”索尔回应道。威尼望着对岸，突然看见地上有残缺的木块，灵机一动：“有了，我们可以造一座桥过去。我搬运这些木块，你用藤蔓将他们绑好。然后向对面延伸。”“好主意。”但这样子，他们就不得不放慢脚步了。两人在这附近建起一个临时的休息点，然后就开始他们的搭桥计划。威尼先把地上原有的木板收集了起来。这些木板像是之前搭桥用的，可能是莉娜家族的先人们，为了断绝对外联系而毁坏的。材料不够时，威尼就折反奇幻森林，收集木板。索尔看着威尼如此辛劳，自己也加快了速度。他们一点一点地开始搭建，先把一块木板横放在地面，然后在木板上面竖着放三块木板，它们之间保持一定距离，再在竖着的三块木板上放一个横着的木板，之后继续放竖着的三块木板，接着又插入一块木板，在木板与木板的连接处用藤蔓盘紧，最后抬起来，抽掉最下面的横着的木板，就这样慢慢地重复着上述步骤。为了让桥的中心更加稳固，索尔在两侧受力的地方拉起两根巨大的藤蔓，绑住岸边的大树……

慢慢地，一座小桥便搭了起来。两人累坏了，可是天公不作美，骤然乌云密布，开始狂风骤雨。简陋的小桥已经开始摇摇欲坠了。威尼大喊道："快快，我们赶紧跑过去。"桥面已经开始摇摇欲坠，威尼率先系好背袋，冲了过去。索尔这时却愣住了，看着万丈深渊，开始有点打退堂鼓："不，我不行的。这个桥太危险了，快塌了。"他脸上露出胆怯，呆呆地站在原地。风暴越来越大，电闪雷鸣。

砰！小木桥开始断裂，木头开始往下掉。"索尔！索尔！快点啊！快点啊！"威尼在对岸吼道，"你是勇敢的，你可以的！"在他的鼓励下，索尔的眼神开始坚定起来，不再那么涣散无神。他想起出门时父亲对他的打击，他想到小时候无论自己做什么都不会被鼓励。他的父亲只会对他说："别老是想太多了，别去捣乱，你就这样可以了，以后长大跟着我做个主管。"他只要做错一点点事情，就会被他父亲拿藤条打，会被叫去面壁思过……而在那一晚，他决定跟着威尼一起走出农庄，就是为了证明自己，证明自己不是那个别人提到他就只会说他懦弱的那个索尔。在这个时刻，他应该鼓起勇气去面对眼前的这条深沟。随着风雨愈发猛烈，索尔冲上小木桥，快速飞奔。这时，小木桥上受力的藤蔓条开始撑不住了，慢慢地断裂，一根、两根……正当索尔快跑到对岸时，“砰”的一声，前方的木板断裂了……索尔和木桥一起往深沟坠落，威尼大喊着！这时，一根藤蔓从深沟处飞出，原来是索尔用魔法生出藤蔓。威尼见状，一把抓住，用力一拉，把索尔拽了上来，总算是有惊无险。

盯着魔法石观看他们的莉娜和管家也松了一口气。管家生气地说道：“看吧，就是胆小鬼，刚刚还在那儿发呆。吓死我了。”莉娜擦了擦魔法石，说道：“他们都很勇敢，也很聪明。”说完，威尼和索尔消失在魔法石上。他们已经走出了莉娜所能看见的范围了。

“你刚刚在想什么呢？站在那儿，可把我急得……”威尼问道，“不过你刚刚确实很勇敢，很酷！”“啊！刚刚……没有什么啦，嘿嘿。”索尔低下头说道。索尔在为自己自豪。威尼拍了拍他的肩膀，说：“好样的，不愧是我的骑士团。”刚经历的这段冒险，算是他们的第二站。

第四章

※

他们来到了山脚下，望着上山的路。索尔叹了口气，刚越过深沟，现在又得登山，看来冒险的旅途真是艰险啊。威尼继续紧握着宝剑，一步一个脚印，向着山顶前进。山路崎岖，茂盛的松柏郁郁葱葱，虽然没有奇幻森林那么恐怖，但是山路确是十分难走，加上暴风雨过后，山上有多处塌方，山路在雨水的渗入下也变得软塌塌的，走起来像是踩在未晒干的水泥地上。他们来到山腰，发现有一个小木屋。木屋外挂着一张张动物的皮毛，屋外还有一些农作物堆放着，房屋的门半开，看来是有人在里面。

威尼和索尔很开心，看来今晚有地方可以住上一晚再走了，不用自己搭帐篷，不用啃干粮了。他俩走向小木屋，突然，索尔一个不小心踩到了屋主设置的陷阱，被吊了起来。“嘿嘿嘿，怎么回事？”索尔慌了。威尼正想要去解开吊着索尔的绳子，突然被从门内射出的一张大网直接网住了。“可恶，是谁？偷袭算什么本事，敢不敢和我决斗，像骑士一样！”威尼叫喊着。

一个身影从房子里慢慢地出现，手里拖着巨剑。索尔看见后说道：“嗨，有什么话先好好说。”“快点放我下来，你这个卑鄙的小人，偷袭算什么本事，敢和我决斗吗？”威尼气愤地喊道，“我赌上我个人的荣耀，来和我进行一场决斗吧。”屋主慢慢地走出房屋，他的外表体型慢慢显像出来。他身材魁梧，堪比一头熊，有着络腮胡子，右眼睛上还有一道疤痕，看起来就不像是一个好人。索尔看见这么一个巨人走过来，心里想：完了完了，我们该不会像那些动物一样，要被扒皮了吧。但意外的是，巨人走到威尼被困的地方，只用一只手，就把困住威尼的大网掀开，将威尼放了出来。他缓缓说道：“我以为是猎物上钩，怎么闯入的是你们两个小鬼”。原来是个猎人。

威尼拿起之前的宝剑，摆好战斗的姿势。猎人看见他手里拿的用树枝和藤蔓编织成的剑，不由得哈哈大笑了起来。“就这……我一剑下去，你的宝剑就成两半了。”笑完，他便将巨剑丢向一旁，在附近随便拿起一根木条，也摆出决斗的姿势：“来吧，小鬼。”威尼气愤地说道：“我才不是小鬼。”说完，威尼便挥着剑，向猎人砍去，猎人见状连忙退闪。几个回合下来，威尼都在进攻，猎人则在躲避。索尔看着威尼占据上风似的，也在一旁为他加油。“小鬼，可以呀，有两下子。”说完，猎人出其不意的一击，将进攻的威尼打在一旁。威尼的剑也断成了两半。“你输了，你还是嫩了一点。”猎人嘲讽道。威尼拍了拍身上的尘土，说道：“再来，骑士只能战死，但绝对不可以逃避。”说罢，他便再一次拿起那把被劈断的剑，冲向猎人，但猎人一个横扫，又一次将威尼击倒在地。可威尼还是再一次拍拍尘土，站了起来，一次又一次。猎人看着不服输的威尼，说道："行了行了，我算是被你的骑士精神烦到了。"说完，猎人转头走回屋内："进来吧。"威尼赶忙跑去将吊着的索尔放了下来，两人拿起背袋也跟着走进了屋内。

小屋很破旧，可屋内的陈设还是很齐全的，一进门便闻到一股淡淡的檀香充斥身旁，斑斑点点、细碎的阳光通过木头间的缝隙射到破旧的墙面上，空气中弥漫着白色的尘埃。威尼细细打量着木屋，一张铺着虎皮的木床，旁边有一个火炉，火炉中木炭在燃烧，发出嗞嗞嗞的声音，十分清晰。木床的另一侧有一个木柜子，上面放着一个在城堡才会使用的蜡烛底座，它与木屋里的其他东西摆放在一起，显得有些格格不入。威尼问道："你以前是贵族吗？为什么你的木柜子上会有一个城堡里使用的蜡烛底座呢？"索尔嘴欠地接了话："贵族？就他这副凶狠的模样、这行为，怎么可能是贵族。"猎人突然回头，恶狠狠地瞪了他们一眼，吼道："想吃肉吗？想就去给我砍柴！"他俩被凶完，只能乖乖地到门外砍起了木头。索尔从附近拿好木头，放在桩上。威尼则拿起刚刚猎人手中的巨剑。巨剑很沉，但对威尼来说还是称手的。就这样，两人开始砍起了木头。过了一会儿，猎人也走了出来，拖着一头死去的雄鹿。这是他刚刚打到的猎物，他将雄鹿放在门外的木桌上。木桌上有着红色的污渍，应该是他平时屠宰猎物的地方。只见他拿起一把大刀，猛地插进雄鹿的肚子，向下一划，便出现一个口子，红色的血液顺着刀流了出来。索尔吓得闭起双眼，赶紧转头看向别的地方。“胆小鬼。”猎人边说着，边将雄鹿的内脏器官一一取出，不一会儿，就用大刀把雄鹿的皮扒了下来。

天色渐渐暗了下来，他们三个人围着火炉。威尼把铁网放在火炉上，就形成一个简易烤炉。索尔捣鼓了一下炭火，火苗像受到惊扰的萤火虫一般，瞬间窜起。“嘿，小鬼，小心点！你们想把我的房子点着吗？”猎人吼道，然后骂骂咧咧地拿起刀，割了一块鹿腿肉，放在炽热的烤炉上。一下子，肉便发出嗞嗞嗞的声音——这个声音很好地勾起人的食欲，鹿肉在高温下出油，油顺着肉的纹理滴到炭火上，炭火便更加猛烈。猎人站起身，朝木柜子走去。他拉开柜子，从里面掏出了一瓶葡萄酒，以及几个城堡才会使用的酒杯，说道：“难得我这屋能这么热闹。”他不紧不慢地倒起了酒。索尔来了一句：“我不会喝酒耶。”猎人一下子吼了他一句：“你爱喝不喝。”威尼见状，赶忙说道：“我陪你喝，我陪你喝。”猎人傲视地说：“你看看人家骑士，多有风范。你个胆小鬼。”鹿肉在火炉上烧烤后，飘出肉香，猎人洒下一点作料，拿着刀在炉上把肉分成几块，一口肉、一口酒地吃了起来。这顿晚餐，是威尼和索尔这些天来吃得最饱的一餐了。

威尼再一次问道：“你以前也是住在城堡里的吗？”猎人酒足饭饱，脾气也没有像刚刚那么暴躁了，开始慢慢讲述他的故事："以前，我曾是维尔城堡中的一个骑士，后来因为扎克常年对外发动残暴的战争，所以我不再为他效命，不再拥立他，我便离开了。"他喝了一口酒，继续说道："扎克知道后，便派人来追杀我，我的几个手下也被斩杀了。后来我就逃到这山上，躲了起来，过着隐居的生活。"说到这儿，猎人停了一下，又说："我还不知道你们的名字呢。""我是威尼，他是索尔""威尼？那你是维尔城堡的人吗？是威尼家族的人吗？"猎人慌忙地站起来，拿起巨剑指向他们。"不不不，你冷静一下，我们来自莉娜家族。"索尔赶忙解释。威尼说道："我的姨母是莉娜小姐。我们是从南边的农庄来的。"猎人松了一口气，慢慢地放下巨剑："那你们打算往哪儿去？"猎人问道。"啊，我们打算越过这座山，到外边看看。我们也还没走出过这地方，也不知道往哪儿去。"威尼耷拉着脑袋说，"但是我要向着其他城堡的方向走，去看看，去冒险。我是一个无畏艰难的骑士。"猎人瞅了瞅他，说道："你连一把像样的剑都没有，还骑士？遇见危险都不一定可以保护自己。"他擦拭了一下自己的巨剑，顿然爽快地说道："送你了。"威尼兴奋地拿起巨剑，跑到门外挥舞了几下。因为是巨剑，他挥起来也不是那么顺手。猎人见了，笑了一下："巨剑不是这么耍的，明天我教你怎么用吧。"他们继续吃着肉，大口喝起酒，威尼也畅谈起以后的目标与方向，索尔则早已醉于梦乡。猎人也是度过了这么久以来最开心的一晚，吃饱喝足后也随意地倒地睡了起来。

第二天清晨，斑斑点点的阳光照进屋内，鸟儿叽叽喳喳的声音打乱了三人的梦乡。威尼一个翻身，脑袋撞到了床角，迷迷糊糊地坐了起来。他走到门外，伸了伸懒腰，呼吸着新鲜空气。原本湿漉漉的泥路面也干了，但树叶上还留有水珠，是清晨的露水。一只奇特的鸟低飞，停落在树枝上，跳了几下，喝着树叶里的露水。威尼走近观察起来，只见小鸟有着多彩的颜色，头顶有三根竖起来的羽毛，尾部也有几根彩色鲜艳的羽毛。他好奇地观察着，在裤袋里掏了掏，掏出一点点玉米饼的碎屑，丢在树下。小鸟左顾右盼，小脑袋转了几下，便俯冲了下来。它很谨慎，在一旁慢慢地一点点接近，试探性地啄了几下，又吐了出来，几番过后才吃了起来。“嗨，威尼！你在干吗呢？”索尔的一句话惊到了小鸟，它立马飞走了。威尼气愤地说：“你干什么，你吓跑了我的鸟，我要和你决斗。”说完，威尼便拿起剑朝索尔冲去，他们在门外嬉闹了起来。两人的嬉闹声硬是把猎人吵醒了——鸟儿的叽叽喳喳只能让他翻个身，但威尼和索尔的吵闹声，是最扰人清梦的。猎人在床上慢慢地睁开眼睛。他正抑制自己的怒火，但还是忍不住，坐了起来，朝门外吼道：“你们两个小鬼就不能安静点吗？大早上的！”他站了起来，在那小木柜上倒了杯水，咕噜咕噜喝了起来。一杯水下肚，似乎降了他的怒火。猎人想起昨晚和威尼说要教他如何使用巨剑，觉得自己也不该那么暴躁地老去责骂他们。他沉思了一会儿，从火炉旁拿了几块昨晚烤完后冷却好了的芝士糕，走出了门。当他看见门外的兽皮与木材被弄得杂乱无章时，他抑制不住了，吼道：“小鬼们，还不给我收拾好！不收拾好的话，我就拿你们来收拾收拾！”威尼和索尔意识到不太对，赶紧开始收拾起来。猎人坐在木桩上盯着他们，直到他们干完为止。

威尼有些羞愧，觉得自己好像有些愧对骑士的名誉。可他又好想自己可以那样快乐地玩耍。他来到猎人面前，说道：“教教我耍剑吧，我要成为一个优秀的骑士。”猎人让他继续去砍柴，自己则坐在木桩上一动不动。威尼满是疑惑，但也只能照着他说的做。索尔在一边摆放好木块，威尼则拎起重剑，一剑又一剑地往下劈。他也学会苦中作乐，把这一块块的木块幻想成上一次在奇幻森林出现的树妖、木鬼等，有的木块高，有的胖，有的矮。这样一来，他反而不会觉得无趣了，劈起来也很带劲。时间一分一秒地过去了，威尼和索尔累得气喘吁吁。猎人闭着眼睛，俩小鬼以为他睡着了。索尔露出奸诈的表情，提出：“要不我们休息一下？”“不好吧，这样……”威尼想了想，觉得自己应该好好地继续劈，认为其中一定有奥妙在里头，心想：我既然要成为一名骑士，总得有骑士的样子，答应的事情要做好，不能老是喊着自己是骑士而做不到骑士该有的样子，我得坚持去练好这个剑术啊。他让索尔换个方式摆放木块，将木块倚靠在一棵大树旁，自己拿着剑换一个方向，横着劈，一次两次下来，渐渐有所领悟。他模仿着猎人上次和他决斗的动作，一下子把木块劈成两半。威尼也开始进入自己的一个“幻想世界”，木头怪在和他决斗，一个、两个……他一次又一次地战胜了它们。他想象着自己穿上盔甲，拥有战马，在战斗中所向披靡，无人可挡。看似在睡觉的猎人，其实并没有在睡觉，而是在暗中观察着威尼的一举一动，觉得这样一个“骑士”将来如果修行好，或许会成为一个真正的骑士。

就这样，威尼在猎人这里每天练着剑术，日子久了，也学到了不少，加上自己原本有威尼家族的骑士血统，看起来和骑士也有几分相似。但是他现在离成为一个真正的骑士，还是有一定的距离。过了一段时日后，他们辞别了猎人，带着猎人赠予他的巨剑和足够的干粮，朝着下一个目标走去……

第五章

※

威尼和索尔从山腰处猎人的家里出发，沿着山路来到了山顶。在登顶的那一刻，威尼朝北望去，是一望无际的平原地带。他有些不知所措，因为对一个从没有踏出农庄的人来说，看到北边的平原有小镇——不知小镇的人会怎么样，会不会像猎人那样子好心对待他们。他也想，或许在小镇里所有人会像他在农庄遇见的那些民众一样淳朴。他看着小镇，怀着好奇的心下了山。

比起上山，下山的路程与感受相对还是轻松一些。索尔也少了些絮絮叨叨，让威尼的耳根子也清静了不少。他们来到一个小镇，小镇门口有一块大木牌，牌上写着“礼仪小镇”。在牌子附近还有一幅小镇的地图。两人走进小镇的主干道，主干道两旁有着一排排的商铺，各家商铺的店面不是很大，都有着一扇大橱窗，透过橱窗就可以看见里面卖的商品，橱窗一旁有一个小门，通过小门可以进到店铺里面。威尼和索尔走在路上，发现这里的人都很有礼貌，很讲礼仪，人与人之间相遇，都会相互行一个礼。穿着长裙的女人，见面时会拉起裙子行礼；戴着帽子的男人，见面时会脱下帽子，将帽子放到胸前位置行礼：左右两边的店铺商人、街边的小摊主没有帽子，但会将手放在胸口，微微向对方鞠一个躬。这里的小孩子也不像威尼和索尔在农庄那里看到的，他们都很乖巧，即使在玩耍的过程中，遇见人也会对他们行礼问好。总而言之，他们的礼仪就和这个小镇的镇名一样。他们进入小镇后，小镇的人向他们行礼，可他们都呆呆地站着，不知所措。不一会儿，旁人就对他们投来了异样的眼光，像是在看某种动物一样。这样一来，威尼哪里受得住。平时的他都是很放开地玩耍，现在这样被别人如此观看，自然感到很是拘束。威尼看见有个商铺卖着芝士糕，一路下来他们也吃完了身上带的干粮，便和索尔一起去商铺买点。可商铺的老板见着他们没有行礼，说道："哦，很抱歉，我们的芝士糕不卖。"说完就示意着他们离开。在商铺老板看来，人与人见面，先相互行一个礼是最基本的礼仪，如果顾客没有这个基本礼仪的话，他们可以不做这一单生意。受到冷漠对待的威尼和索尔十分沮丧，天色也渐渐暗了下来，他们得赶紧找一个落脚的地方，不然又只能睡在芭蕉叶帐篷里了。

这个季节已经不像以前那么温暖了。冬天将至，他们前些天在路上没有条件，只能睡在芭蕉叶帐篷内，这种帐篷没有什么抗寒性，两人睡觉时被冻得瑟瑟发抖。他们渴望着有温暖的烤炉，有美味的烤肉，开始怀念在猎人那里的日子。

两人走着走着，又来到一个商铺门口，上面写着"史蒂夫方糕店"。他们犹豫了一下，敲了敲门。门开了，一个胖胖的中年妇女走了出来，两只眼睛很大，因为年龄的原因，眼睛旁也有很多鱼尾纹，身上围着围裙，手上拿着一把锅铲，看起来像是正在做饭。威尼和索尔这次也吃一堑、长一智，在她打开门后的第一时间，学着他们在路上看到的那些人行礼的样子，做了一遍。虽然他们的动作不是很标准，但中年妇女看着他们不像是镇上的人，也就没有去计较那么多，便将他们邀请至店里。威尼看了看她店里的厨房，咽了一口口水。这位中年妇女是这个店铺的女主人，她看出了他们的心思，回到厨房捣鼓了一阵子后，端出了两盘热腾腾的意大利面。索尔看见面条，眼睛睁得大大的，跟铃铛似的。“吃吧，看你们饿的。”女主人说道，并开始盘问着威尼和索尔，“怎么称呼你们？你们来自哪里？怎么会来到这儿？想要往哪儿去？”“我是威尼，他是索尔，我们来自莉娜家族，想出来冒险，所以我们也不知道接下来要去哪儿。”威尼边吃边回答。“冒险？你们就两个人，还冒险？”女主人笑了起来。“我可是骑士呢！你看，我有剑。”威尼赶忙拿出那把巨剑，压在了桌子上。女主人一脸鄙夷道：“连行礼都不懂。真正的骑士，是见到人会为之行礼的，更不会将自己的佩剑像你这样子粗鲁地压在餐桌上。”听她说完，威尼的脸瞬间红了起来，像极了一个红苹果。他羞羞地低下了头，赶紧把宝剑收了起来，小声地嘀咕道：“那你能告诉我怎样才可以成为一个骑士吗？”威尼慌慌张张地补了几句：“哦，很抱歉，我还不知道该怎么称呼您，瞧瞧我们这无礼的行为。”“称我为斯蒂夫太太吧，男主人斯蒂夫去城堡推销商品去了，这儿就我一个人。”女主人喝了口果汁，说道，“骑士都是彬彬有礼的，很是受人尊敬的。”她看着这两个小少年，也感觉十分有趣。“今天天色也晚了，楼上有个小阁楼，你们不嫌弃的话，就在上面过一晚吧。我明天再教你骑士应该怎样行礼。”女主人和蔼地说道。“太好了！太好了！我们很乐意！”威尼和索尔异口同声地回答道。他们吃完后，洗漱了一下，便在阁楼上睡了起来。阁楼虽然看着简陋，只有一张毛毯、一张被子和一个枕头，但比起他们露宿在外的芭蕉帐篷，舒适好几百倍。

第二天早上，史蒂夫太太早早开始在楼下收拾自己的商铺了。威尼和索尔等到快中午时，才睁开惺忪的双眼。两人迷迷糊糊地走下了楼，来到商铺。“很早呀，骑士们。”史蒂夫太太笑着说道。“早呀，史蒂夫太太。”他们慵懒地回答着。威尼突然想了想，应该行个礼。他清了清嗓子，挺起胸膛，学着他见到的这个镇上的人们那样，将手放在胸前，鞠了个躬，掐着嗓音说道：“早上好呀，亲爱的史蒂夫太太。”女主人看这有模有样的，也回了个正式的礼。她提起裙子，微微弯曲膝盖：“早上好，威尼骑士。”这一下子，威尼似乎真的已经成为骑士了，因为这是第一次有人这样称呼他。他心中的小花朵都开了。“有什么事是我可以为您服务的吗？”威尼已经高兴得不知道怎么去形容了。史蒂夫太太则开始计划着今天的商品送往哪里。她让索尔在家帮忙打下手，让威尼把她店里的方糕送给住在街尾的丽莎夫人。史蒂夫太太叮嘱道："你去到那儿时，记得给丽莎夫人行礼，她是一个很优雅、温柔的人。她的丈夫不久前刚去世，留下了她和两个孩子，你要尊重人家。""知道啦，知道啦，您放心好了，我办事情很靠谱的。"威尼说完便接过方糕，在腰间别好宝剑。他挺起胸膛，正步走到街上。每遇见一人，他便行礼，同时他也得到了回礼。之前议论他的那些人，看见这个充满着朝气的少年会给他们行礼了，便也很乐意和他打招呼。威尼对此也感到很意外，怎么一觉起来会变成这样，只因为他学着这里的行礼方式而已？但是他的内心也极为舒坦，总比被排斥那样子好。威尼来到了丽莎夫人这儿。丽莎夫人一家是做鞋子的，威尼一进门便闻到了乳胶的味道。房屋里有些灰暗，破漏的墙壁用几块大布遮住，一旁则放满鞋垫。威尼很有礼貌地向丽莎夫人行了礼。丽莎夫人看他不是小镇的人，却也很热情地留他一起共进午餐。威尼盛情难却，也就答应了。午餐虽然很简单，方糕和一碗小麦粥，但有时候往往这简单的食物，最能让人觉得温馨。丽莎夫人一家将食物整齐地摆好，餐盘、勺子、桌布……餐具很齐全。他们一家围着餐桌坐好。丽莎夫人发言，开始做祷告。祷告完毕后，丽莎夫人示意大家可以开动，只见她轻轻拿起餐布围在自己的胸前，另一只手优雅地拿起勺子，舀起一小勺，放在嘴边轻轻地吹了吹，再分几次往嘴里送，然后拿起小刀将方糕划分，再分给每一个人。在整个用餐过程中，他们一家人的行为举止都十分优雅。威尼也模仿着这些动作，但略显呆板。可他对这一切感到很新奇，觉得与这个环境不是很搭配。他认为这些举止只会是什么贵族才会这样做。哦，不，在他的认知里，即使是在莉娜的农庄，他们也不会这样子去做。莉娜家族怎么说也是七大古老贵族之一，但是和他们相比，威尼感觉丽莎夫人一家才是贵族，自己应该是普通的平民。用餐过程也很安静，没有什么交谈，每个人都在静静地享受着盘中的美食。等到用餐结束后，威尼这才开始了解起这儿的民俗风情。从丽莎夫人口中得知，之前这里的民众和公爵都很自私，只为着自己的利益，后来因为从外地来了一个优雅的骑士，这位骑士看到这一现状，感到万分不适，然后留在了小镇，当起这小镇的公民，并竞选镇长，最后以自己的骑士精神折服了各位议员。再后来，小镇在他的影响下，大家都变得很谦和，随之改变了大家的生活习惯和各种礼仪。威尼问道："这一堆鞋垫都是要做成鞋吗？"丽莎夫人继续讲道，这些鞋垫是他们下半年的订单，做好后，由小镇门口的马夫拉去城堡。这些鞋是城堡里的一些公爵要穿的。在小镇不远处有一座很大的城堡，里面住着很多的公爵和议员，他们需要换一批鞋子。等这一单做完，丽莎夫人便有钱可以翻新这个破旧的房子。

了解完这些，威尼回到史蒂夫太太家。索尔赶紧问道："你咋去那么久，我还以为你给拐骗了。"说完，他便开始绕着威尼左右转，上下打量，生怕威尼哪里受伤了。威尼说："我们也不好在这儿打扰太久，得继续往下一个地点走。我想去丽莎夫人说的那个城堡看看。"索尔说道："行呗，反正你去哪里，我就跟你去哪里。"

史蒂夫太太告知他们，每天早晨，小镇门口都会有一趟马车前往城堡，让他们可以等到第二天再出发，到时候跟着那辆马车一起去就行了。威尼和索尔也就听从史蒂夫太太的安排。还有半天的时间，闲着也是闲着，威尼提出帮史蒂夫太太做方糕，帮忙烧火和递拿东西。就这样，他们又开始忙碌了起来……

第六章

※

第二天，天灰蒙蒙亮，威尼早早地起床，生怕错过马车。他叫醒熟睡的索尔，然后两人下楼洗漱，等待着马车的到来。嘀嗒嘀嗒，马车缓缓地驶来，马夫拿着马鞭抽打着。史蒂夫太太喊道："嘿，等等，带点方糕路上吃，别饿着了。"快速的告别后，他们坐上马车，向小镇附近的城堡出发。

小镇离城堡大约有几里路，道路相对他们之前徒步时的，平坦许多，但时不时马车也会碾到石块，多少有些颠簸。道路两侧种满了小麦，正值秋后的季节，放眼望去，金灿灿的，农民也在田地里忙碌地收割麦穗。马夫在路上每隔一个小站便会停下，等待片刻，看看有没有人需要运送东西。因为每天只有一趟去城堡的马车，所以马车成了运送东西的关键。按道理说，马夫一定可以赚得盆满钵满，但马夫没有收取他们任何费用。威尼在农民处了解到，马夫不会收取他们金钱；平时农民或者其他人会送马夫一些粮食，满足他的口粮。听说马夫以前是一个驯兽师，威尼一路上多次请求他，让他教自己骑马。他想学，因为在他看来，骑士怎么可以不会骑马呢？连骑马都不会，怎么可能当一个骑士呢？

马夫禁不住威尼一路的央求，只好答应了他。

他们来到了一片已经收割完的麦地里，卸下了压在马身上的车斗。马夫挪了挪马上的马鞍。“听好了。”马夫严肃地说道，“在骑上马背的时候，应该用左手抓住马的鬃毛，然后右手撑住马鞍，左脚的前掌部位用力踩左侧的马镫，然后跃上去。”马夫说完，便示范了一次上马的姿势。“在骑马的时候，你应该要用双手握住马身上的缰绳，避免脱缰。在骑马的过程中，要用自己的双腿使劲夹住马匹肚子的内侧位置，并且身体的上半身要挺直，不要弯曲或者没有坐端正。想要停止前进的时候，就要用双手将缰绳往后拉，这个时候马就会慢慢停下来，等到马完全停下来之后，再下马。”马夫把每一个动作都说得很详细，“你只有今天可以练习。”威尼也认真地按照马夫所说的去做每一个动作。可马像是认主人似的，威尼一上马背，马便狂躁了起来，上蹿下跳，这可把威尼吓得不浅。威尼拿起马鞭猛抽了一下马屁股，马便瞬间冲出，在田里狂奔。眼见快冲进种有小麦的田里，威尼将缰绳向后猛地一拉，马这才减下速度。马夫在一旁也捏了把汗，说道：“你摔没摔是一回事，可不能糟蹋了前面的粮食。”威尼慢慢地学会了如何控制着马，让马掉了个头，在地里骑了几圈。他对着索尔喊道：“把我的宝剑扔给我，让我过一把瘾。”他接过剑，骑着马，面向着太阳，阳光打在他的脸上，打在马上，打在剑上，此刻他仿佛真的是一个骑士。学完了骑马，马夫也将威尼和索尔送到了目的地。他们来到城堡门口，这个城堡比莉娜家族的城堡大多了，门口也有卫兵把守，维持着出入的秩序。威尼挺起胸膛，走进城堡。城堡内的景象让他感到非常奇特，这里的每一个人都很冷漠，各自顾着各自的事情，没什么交谈。即使有交谈，也是在相互争执什么东西或什么事情似的。每个人都露出不友善的表情。

威尼和索尔一路走到城堡中心的主建筑，准备进去拜访主人，打算今晚在这里留宿。威尼走到卫兵面前，向卫兵行了一个礼，卫兵瞟了他一眼，丝毫不理睬他。威尼礼貌地说道："请问，可以麻烦你帮我通报一下吗？我们路经此地，可以借宿一晚吗？"这时，城门缓缓地打开，刚好是这个城堡的主人。这个城堡属于七大贵族之一的亨利家族。亨利挺着一个大肚子，个子矮矮，圆头圆脑，嘴上留着两绺小胡须，礼帽却高得离谱。他一脸桀骜不驯地瞟了威尼和索尔："哪来的乞丐？是怎么进入城堡的？你们这些卫兵怎么当的？养你们有什么用？"他的话还未说完，卫兵准备动手拉走威尼和索尔。"等一下，我们不是乞丐，我是威尼骑士。"威尼说道。亨利一听威尼的话，立马变了个脸，很是客气地迎接他们进了城堡，并且吩咐仆人赶紧准备上好的酒与烤肉，还特别吩咐要有一只大火鸡，看这阵势，是准备搞个大晚宴。威尼环顾四周，城堡内的大理石柱雕满花纹，地上、墙上都贴着大理石砖。桌上有银光闪闪的餐具，屋顶的灯具都是由昂贵的材料制成。这个城堡是威尼目前见过的最豪华、最奢侈的城堡了。

晚宴开始，亨利举起酒杯："来，我们干一杯，为从维尔城堡来的威尼骑士接风洗尘。"威尼和索尔随着站了起来，端起酒杯："维尔城堡？"威尼问道，"是哪儿？"亨利一脸疑惑地问："你不是从维尔城堡来的吗？不是威尼家族的吗？"索尔赶忙说着："不不不，我们来自莉娜家族的庄园，是莉娜家族的。"亨利听后，停顿片刻，缓缓地坐下："原来是莉娜家族的。"他扯了一只大鸡腿，大口咬下，大鸡腿上的酱料和油渍沾满了他的嘴角。他喝了一口酒，又露出那个桀骜不驯的表情。他挥了挥手，示意管家："将他们吃的，还有今晚住的这些账都记好，明天送往莉娜家族。"亨利在桌布上擦了擦手，问："你们想往哪儿去呀？"威尼用一种很绅士的语气回答道："我们要看遍整个塔亚大陆。"亨利这时的脑袋一直在想一个事，为什么威尼会来自莉娜家族，对此他很是不解，但他突然想到，会不会是以前那个下落不明的威尼一世的孩子呢？如果是这样的话，那眼前这个威尼便是王子。他继续问道："你知道你的父亲是谁吗？"威尼回答："我的父亲是一个骑士。"威尼因为感到有些不对劲，便不再多说。等到晚宴结束后，他俩来到亨利安排的房间，威尼越想越奇怪：为什么亨利会对他们两个人的态度变化如此之大？亨利给威尼的感觉是不好的，这人没有像之前遇见的猎人、史蒂夫太太那样给他那种真诚的感觉。威尼觉得这里不可久留，想要离开此地。索尔看着心事重重的威尼，吃着房间里的甜点，轻松地说："嗨，别想那么多。难得住上这么好的城堡，我这辈子都没这么享受过。"他脱下鞋子跳上床，在床上翻了个跟斗，然后躺下，又一只手拿起酒杯，安闲地品尝起美味的葡萄酒。

另一边，亨利下令，要好好看住威尼和索尔。卫兵走动的声音被威尼听见。他走到窗边，轻轻打开窗户，通过窗户的细缝观察着城堡内卫兵的走向。这更加让威尼确信，不可以继续在这里待下去了。索尔急得像热锅上的蚂蚁，慌张地说："怎么办？怎么办？我们好像被软禁起来了。""别急，你听我说。"威尼有了点子。

威尼先是吹灭了火烛，使房间暗了下来，然后抱来几个靠枕塞在被子中，让被子鼓起来，再将门打开一点点，让门外的卫兵可以透过门缝观察房间里面的情况。卫兵看着鼓起来的被子，以为威尼和索尔睡下了，也就降低了一点警惕心。这门外的卫兵倒是忽悠过去了，现在他们得想想逃生的路线。门是出不去的，只能从窗户逃走，可是房间是在城堡较高的楼层，想要逃跑还是有点难度的。不过别忘了，索尔可是一个会让藤蔓生长的法师。他俩等到了后半夜，从窗户看了看房间下方，见到有卫兵在把守着，于是索尔让藤蔓往城堡上方生长。藤蔓借着夜色的掩护，顺着城堡的结构慢慢缠绕着到达塔尖。两人抓紧藤蔓，向城堡上方爬去。他们小心翼翼地跳到另一栋建筑的塔上，再从另一侧顺着藤蔓滑下。可藤蔓的数量一旦多了起来，还是会被卫兵们发现的。

很快，警戒的钟声响起，所有卫兵都在城内到处搜寻着威尼和索尔。他们躲在两个巨大的酒桶中，不知不觉地过了一个晚上。就这样，威尼和索尔两人逃过了卫兵的搜捕。

他们隐隐约约地感到，自己的位置好像是在移动。威尼透过酒桶的缝隙看向外面。天亮了，两个壮汉把这些酒桶都搬运到马车上，其中就包括威尼和索尔藏身的酒桶。他们就这样颠簸着，不知会被运到哪个地方去。时间一久，威尼他们也索性就睡了起来……

第七章

※

忽然，一阵剧烈的晃动，让威尼睁开了眼睛。他们到达目的地了，可躲在酒桶里的他们并不知道这是什么地方，只听外面时不时传来砰砰砰的如打铁般的声音。酒桶都被运到一个营地里，这里看起像是个仓库。威尼感觉外面应该没有人，率先打开桶盖，确认了刚刚猜想的环境后，便去帮索尔打开桶盖。仓库不大，就和猎人的家差不多，算是个储藏室。威尼来到门边，小心翼翼地观察门外的情况。这里是一个巨大的矿场，矿场附近还有着几座大山，这些山被开发了好几个矿洞，用于挖掘铁矿石。虽说是矿场，但也可以说是一个兵工厂。洞口处有许多打火炉在炼铁，还有一些铁匠正在打着铁，发出钢铁的碰撞声，篷内也摆放着许多兵器和盔甲。威尼眼睛亮了，如果可以弄一套盔甲的话，那么离他成为骑士的梦想又近了一步。身为一个骑士，怎么可以没有盔甲呢？索尔明白他的心思，说道："等下被发现了怎么办，会不会被抓回亨利的城堡？""我们先摸清楚这里的情况！"威尼说罢，便悄悄地走出门外。他前脚刚踏出，就被一个大汉逮到。"哪来的小鬼？"大汉一把拎起威尼，将他带到据点。据点内篝火燃烧着，周围挂满了用骨头制成的饰品。几个大汉围着一个大烤炉坐着，正在大口地吃着肉，喝着酒。他们看向这位外来的“客人”。威尼向他们喊道：“敢放我下来吗？我们以骑士的方式决斗，我要为我的荣誉而战。”这些大汉突然觉得很有意思，通通大笑了起来。其中一个巨人大汉说道：“好！看我怎么把你的脑袋瓜捏爆，把你的骨头做成我的装饰品。”照这样看来，这一次的决斗就一场真正的生死决斗。他们来到矿场的中心，摆起了一个擂台，两边的对战分别是威尼和一个巨人大汉。威尼现在也就一个小青年而已，但是面对巨人，他丝毫没有露出胆怯。他坚信着，凭借自己手中的巨剑，还有剑术，是完全可以战胜眼前这个巨人的。他想到一个骑士的荣辱——可以光荣地战死，但绝对不可以受到侮辱。他心中的这股信念一直给他无穷的勇气。现在决斗正式开始，巨人拿着一把大刀向威尼砍去，威尼一个侧身躲开了巨人的攻击。他开始试探了几下，不断调整着步伐的节奏。接着，威尼一个横扫，将巨人击退，巨人开始有点狂暴起来，疯狂地进攻，疯狂地挥舞着手里的大刀。威尼深知自己体型不如对方，无法硬扛对方的攻击。他已经被猎人上过一课了，在上次与猎人决斗时吃过的亏，不可能再吃第二遍。他要利用自己人小灵活的优势，消耗对方的体力。就在巨人累得气喘吁吁时，威尼将巨剑一挥，打败了巨人。这时全场一片哗然，都觉得很不可思议，纷纷响起了热烈的掌声。这是威尼第一个取得胜利的决斗，他环视了一周，享受着这胜利和尊重。索尔在储藏室听到威尼胜利的消息，便也跑了出来，为威尼欢呼起来。矿场的矿主这时走了出来，让威尼到据点内，以美食与美酒招待他们，随后便开始问起他们的背景，从哪儿来，往哪儿去。

威尼也了解到，这个矿场在挖矿的同时，也在制作兵器。亨利家族的武器，还有盔甲，都是从这里购买的。亨利家族的势力不算大，他们也只能到这里购买。不像其他势力庞大的贵族，都有自己铸造兵器盔甲的地方。当然，也是因为亨利对武器还有盔甲的需求，所以矿主才会在这里挖矿的同时，还制造兵器和盔甲。亨利家族也养着他们，昨晚的一马车的美酒就是送给矿主的礼物。

矿主和这里的人看起来虽然凶神恶煞，体型巨大无比，但是他们的性格十分豪爽，算是忠厚的人，虽说不上崇尚骑士的那一套精神，但至少不会像亨利一样暗中耍心思，只顾自己的营生，不过问是非。知道威尼和索尔的打算后，矿主慷慨地赠予威尼一套银色盔甲。他看到威尼的勇猛，将威尼视为自己的好兄弟。威尼骄傲地穿起盔甲，手持宝剑，看起来与真正的骑士并无区别，可是他的盔甲上没有什么图案。他问矿主，矿主笑了笑，说："如果骑士盔甲上要有图案，那么他是要效忠于图案上的家族的。""那我可以刻上莉娜家族的图案吗？""嗯……可以是可以，但是首先要莉娜家族承认你，给予你封号，同时你还得对着自己的宝剑宣读誓言，这样子你才算是真正的骑士。"威尼迟疑了一下，最终还是没有刻上，因为他觉得如此庄重的仪式，应该等他回到莉娜的农庄，让他亲爱的姨母莉娜小姐给予他。他也要当着莉娜家族所有人的面，宣读自己的誓言，但是他现在是不会返程的，因为他还要去其他地方看看，等看完其他的地方，再回莉娜的农庄吧。

这边厢，亨利家族发现了当年消失的王子，他们族内的长老开启了会议，会议内容是要将此消息告诉维尔城堡里的扎克，还是应该拥立这位威尼王子。因为他们曾经是宣誓忠于威尼一世的，只是后来变成扎克统治后，其他贵族大多脱离了。亨利家族自然也不会臣服于这个不合法的新国王。他们最终的想法是先不透露这个消息，按现在的形势，扎克的黄金骑士团还没那么快到这里，等到真的打到这里时，再将这个消息告诉扎克。如果威尼以后真的成为骑士，有拥立者时，那时候再拥立威尼为国王，反正一切都以亨利家族的利益为中心去思考。

这时的威尼，正一个人孤零零地坐在矿山上。他想到今天的决斗，这是他第一次面对生与死。如果今天的决斗输了，自己的历程便也结束了。突然，他有些后怕，但他也明白以后将越来越多地遇见这种场面，应该尽快成长起来，学好剑术。他揪起衣服的一角，认真地擦拭着自己的巨剑，心中有点想念莉娜姨母。索尔看见威尼一个人，也来到矿山上，拿出最后一块玉米饼。这块玉米饼是他们出行前，莉娜给他们的，他一直舍不得吃，因为对于索尔来说，这是很珍贵的东西。威尼的话，这个对他来说或许不算什么，他算是吃东西较多的。可这个时候给他吃这个，算是尝一尝家乡的味道吧。还没等他们思念家乡，一个爆炸声引起了他们的注意。矿场正在用炸药炸开山洞。这些矿工在开洞的时候，一般会选择一些天然的山洞，进行一次或两次的爆破来震碎那些巨石块，然后再进行挖掘。当然，这也导致很多矿工葬身于此。不过在面对财富时，很多人还是愿意身临险地，所谓富贵险中求。他们得到的报酬也不会很多，大多的钱财还是会掉进矿主的腰袋中。矿主也算不上坏人，矿工如果在挖矿时葬身于矿洞，他也会为这些矿工立好墓碑，并给矿工的家人一笔抚恤金。矿工也是自愿跟随着矿主，因为矿主给他们提供了一条生活的道路。威尼看着这些矿工的工作，也很好奇，这对他来说也是第一次见。

像这种场景，周围都会围满人。威尼和索尔在人群中穿梭，挤到了前排。爆炸声再次响起，一个山洞便出现在眼前。矿工们都拿起十字镐进山洞。威尼拍了拍索尔，很高兴地对索尔说：“你看，我们又有新的冒险了！我已经想很久了，很想进去瞅一眼。”只要是威尼没有见过的、去过的，对他来说都是去冒险，他也很喜欢去了解、去看这些奇特的地方，即使是有生命危险的，但这符合他心中想要当的那种骑士。

说完，威尼拎起宝剑便进了被挖掘过的废弃矿洞。索尔看着威尼跑进矿洞，嘀咕着：“不就矿洞嘛，有啥好看的。”他也跟着跑了进去。威尼一手拿着在洞口处顺来的火把，一手举着宝剑，小心地前进着。矿洞深不见底，因为是废弃的，所以原本在通道两侧上的照明火把也没有了。威尼和索尔手中的火把成为他们唯一的光线来源。他们走了一小段路，洞里的温度渐渐降了下来，很是阴凉，时不时从洞里吹出一阵阴风，把索尔吓出一身冷汗。索尔现在的胆子也是比以前大了不少，毕竟多少也是经历过一次鬼门关的，在猎人那儿没少给吓到，差点还要被巨剑“洗礼”。威尼则更加兴奋，越是恐怖，他越想去看，像是打了鸡血一样。他想，莉娜家族在给他勇气，他的骑士精神在撑着他。这将会扫除任何恐惧。两人的到来也惊醒了倒挂在岩壁上的蝙蝠，蝙蝠在一瞬间都冲了出去。索尔赶忙趴下，威尼见状便挥舞起巨剑：“来吧！我威尼骑士才不怕你们的蝙蝠大军。”经过一阵激战，威尼成功斩杀了几只蝙蝠。

他们来到洞穴深处，墙壁上坑坑洼洼。忽然，威尼被一个什么东西绊了一下，直觉告诉他，他会发现一个好东西。威尼将火把靠近地面，看到一块石头的棱角。他让索尔拿好火把，保持好照明，然后自己掏出挖矿的十字镐，对准那块石头的位置，开始挖起来。索尔心里觉得威尼是不是傻了，一块石头有什么好挖的。有时，索尔也很不理解威尼的一些行为，但是有时候和这样的他一起，还是蛮有趣的。索尔便也配合着威尼。不一会儿，威尼挖出了一个小坑，这时，出现了一个木质的东西。“哈哈哈，看吧，我就知道这里面有东西！”威尼兴奋地说道。他更加卖力地挖。其实，有时候事情还真的很奇妙，老天总会让你有所意想不到。威尼挖到了一个小木盒，拍了拍盒子上的泥土，轻轻地打开了木盒。木盒里是一个破烂不堪的卷轴，由于洞内光线实在是太暗，他们看不清卷轴上写了什么东西。他们决定往回走，去洞外看看他们获得的“宝物”。

威尼和索尔回到洞外，找了个没有人的地方，开始研究起这个卷轴。卷轴非常破旧，勉勉强强可以看到一些图案和一些简单的标注，上面画着几个城堡、一些山脉和一些湖泊，其余的看不太清楚。威尼说道：“如果没猜错的话，这应该是一张地图吧。”地图这东西在这块塔亚大陆上可是非常稀缺的，贵族们可都不一定有；即使有，也仅仅是画贵族自己领地的地图，可要是整一个塔亚大陆上的地图，那么对不起，还真没有几个贵族可能拥有的。这张地图上画的，也只是这些贵族领地的大致方位。现在，这对威尼来说，无疑是老天给他最好的礼物。

威尼有明确的前进方向了，不再像无头苍蝇一样乱撞，也不用说没有什么目标，只能跟着别人的马车乱走。在地图上，威尼认出了代表莉娜农庄的那个小城堡图案，并分析出他们现在应该是处于塔亚大陆的较南边。因为地图显示他们穿过奇幻森林，越过拉巴克山脉，来到了这一片大平原上，目前应该是在亨利家族的城堡附近。“那我们接下来可以向西北出发，越过乌尼亚斯山脉，前往塔克家族的城堡，先前往这个比较难走的地方。然后再回到这一片平原，这样子返回莉娜农庄，就会比较轻松一些。我们到时候按这个路线回去，也不会整得太狼狈。最好是可以骑着马，身穿盔甲，威风凛凛地回到莉娜农庄。”威尼说道。索尔漫不经心地说：“好吧好吧，反正是你决定的方向，我跟着你就是，别把我带到沟里就行了。”

威尼将地图藏好，本想这样悄悄地离开这个地方，但又觉得不辞而别不是一个骑士的作风。他便回到了矿场的据点，向矿主辞别。矿主也是够义气，不仅给威尼他们准备了路上的干粮和水，还给了一点金币。于是，威尼和索尔离开了矿场，向着他们计划好的方向出发。

第八章

※

路上，威尼突然感慨道：“一定是上天在眷顾着我，目前我们遇到的人大部分还是善良的。除了那个圆头圆脑、顶着大肚子的亨利。”说到这儿，索尔也跟着吐槽了起来：“对对对，我还以为他是什么好人呢，没想到是那种唯利是图的人。”一路上两人有说有笑，相互打闹着。威尼时不时走几步路就拔出宝剑，挥舞几下，满足一下自己的荣誉心理，特别是现在还穿上了一身银白色的盔甲。照目前来看，他的盔甲还是崭新、洁白、无瑕的。摆完动作后，他会露出骄傲的脸庞。他一路走一路想，等他回到莉娜的农庄后，面对姨母时说的骑士宣言。

不知走了多久，他们来到了乌尼亚斯山脉的山脚下。山的海拔很高，从山腰的位置开始就被云层所遮挡，再往上便看不清了。威尼做了个祷告，请上天赐他勇气，然后像勇敢的骑士一样向前冲。他们开始沿着山路上山。索尔一爬山，就又像之前那样子，踉踉跄跄的。在索尔看来，爬山便是他受罪的时候，但他也只能跟着威尼走。上山的路程随着海拔的增高，道路由平坦到崎岖，一路上由森林到草地再到荒地。翻过山脉后，他们惊呆了。在山脉的背风坡，竟然是一片死气沉沉的、荒无人烟的景象。威尼开始怀疑是不是走错地方了，索尔在一旁开始说，不会吧，费了这么大的力气越过乌尼亚斯山脉，却连一只鸟都看不见。威尼看了看地图，心里疑惑，不会走错呀，他小声地嘀咕着。他们看了看粮食和水，即将吃完喝完了，仅剩的量也不够支撑他们返回到矿场了。现在唯一的办法，只能往前走下去。威尼心想，可能也就山上是这样而已，山下应该不会这样子吧。他开始自我安慰。威尼和索尔沿着背风山坡的路慢慢下山，一路上非常节省粮食。他们觉得，只要到了山下，应该就可以找到小镇或者像猎人一样的小屋。终于挨到了山下，他们的美好想法破灭了。威尼拿起地图看，因为破旧的原因，那一块刚好是滴到污渍的地方，但这里离塔克家族的城堡应该还有一大段路程。他往塔克家族方向看，面前是一片枯树林。至于哪里是尽头，从地图上看应该就是刚好滴到污渍的那一块区域了，估计是几倍大的奇幻森林。听威尼分析完，索尔开始有点崩溃，因为他们的干粮已经吃完了，现在又找不到小镇，身上带的金币也暂时没什么用。索尔沮丧地说："难道我们要死在这儿了吗？我还没回去跟我父亲说我的勇敢事迹呢。"这样一说，威尼心中开始有些胆怯起来，但是他没有表现出来。他鼓励索尔："我相信我们会走向正确的地方。我们是骑士，在面对死亡时，我们也不可以表露出恐惧。"索尔对着威尼说："不，你是骑士，我不是。你生来就是骑士，我只是你的一个玩伴而已。即使你不出来冒险，即使你没有什么丰功伟绩，但你以后也会被授予爵位，而我什么都没有……即使我可能做出一定的成就，也不一定会拥有这种爵位。”威尼呆住了，从来没有见过索尔这样激动，或许是人在面对死亡的那一刻，会将自己心中积压已久的话说出，会释放出所有情绪。威尼有些不知所措，但是知道自己现在如果不往前走，等待他们的就是死亡。他重新点燃信心，坚定信念。为了减轻重负，威尼缓缓地脱下身上这副还没有和他一起经历战斗，等着刻上图案的盔甲，这套等着莉娜小姐授予他爵位的盔甲。他将盔甲和头盔放在一棵枯树下，对着这套盔甲，用一个骑士的模式做了一个告别的礼仪。索尔看到威尼这样做，突然意识到自己不应该这样说，有点愧疚。只见威尼做完，他鼓励索尔：“我们应该继续向前走下去，不可以在这儿等死。你的爵位到时候由我来封。”说完，威尼便走向枯树林。索尔擦了擦湿润的眼睛，整理了一下心情，便跟着威尼一起向枯树林出发。

天阴沉沉的，他们就这样走了几天。一路上，他们看见一些死去的动物的尸骨；饿了，便啃树皮；遇见沼泽地的时候，便赶紧抓起一把淤泥包在一块布上，用力拧，喝着滴出来的水。饥饿感与饥渴感每时每刻折磨着他们。威尼拖着沉重的巨剑，在这一刻，他有想连剑也丢弃掉。但是他明白，剑不能丢弃，如果遇见危险了，剑便是他们防身的唯一武器，也是他身为骑士最后的倔强。原本抬头挺胸走路的他，现在已经饿得前胸贴后背，走路姿势变得非常颓唐。他们已经开始出现幻觉，似乎看见前面有一堆美食等着他们，可是下一秒什么都没有。威尼被一树根绊倒，这一次是不可能给他挖到什么好东西了。他看着天空，秃鹫已经在他们头上盘旋很多天了，像是随时准备享用着这两具死尸。索尔也躺下。他们实在是走不动了，只能闭着眼睛，安静地等待死神的到来。

不知道过了多久，当威尼再一次睁开眼睛时，出现在眼前的是一个灰暗的室内环境，一根微弱的蜡烛在不停地闪烁着，可能下一秒就灭了。威尼发现自己睡在一个陌生的环境里，索尔睡在他的另一旁。威尼缓缓起身，看到在一张破旧的木头桌上，放着两碗水。他立马拿起其中一碗喝起来，拍着索尔的脸，说："嘿嘿，醒醒，快醒醒。"见索尔没有反应，他便拿起另一碗水，慢慢地，一点一点地喂他喝。索尔渐渐地睁开眼睛，弱弱地问："我们这是在哪儿？这么黑，在地狱吗？""不用问，我们被人救了，我就知道我们不会那么容易死掉。"威尼说道。两人开始警惕地看着周围的环境。威尼走出门外，门前有一个小庭院，围起来的那些篱笆，看起来还不到成人一半高的高度，周边也都是看不到头的枯树林。很显然，他们还在这枯树林之中。这时，远处一个身影慢慢地走近，威尼赶紧拿出巨剑，摆出战斗的姿势。身影越走越近，是一个瘦弱的老头，手上提着一只鸡。威尼看清后，放下巨剑。老头很是开心，笑呵呵地说："我拿你们的金币去买了一只鸡，现在终于有肉吃了。"索尔赶紧拍了拍身上装钱的袋子，发现空荡荡的，说：“这老头偷了我们的金币。”威尼说：“没事，至少我们现在算是捡了一条命，咱们先看看这老头想要什么花样。”老头进了屋子，说道：“我去塔克城堡的路上，看见你们躺在地上，秃鹫在附近。本以为你们是死人，没想到你们命大，还有一口气，就把你们带回家了。”威尼对他行了一个骑士礼，说道：“感谢你的救命之恩。你不嫌弃的话，我愿意为你效忠。”老头大声地笑了起来：“得了吧，得了吧，还效忠！我这日子过一天少一天的。你们休息一会儿吧。肯定很饿了，我去烧只鸡一起吃。”索尔前面什么都没听见，只听见有烧鸡，瞬间来了精神，还问道：“需不需要砍柴？”他看起来一点都不像虚弱的人。到了晚上，三人围着那张摇摇欲坠的桌子，吃起了烧鸡。老头用他仅剩的几颗牙齿啃起了鸡翅膀，威尼和索尔则狼吞虎咽地吃了起来。这个时候，什么骑士精神、贵族礼仪，都被抛之脑后。他们把盘子舔得干干净净，骨头上的软骨组织也都被吃了下去，就连一些能咬碎的骨头也不放过。老头是因为很久没吃上肉，威尼和索尔则是给饿出了幻觉。吃完后，威尼问道：“你刚才说到去哪儿？塔克城堡？”威尼心中大喜：“这说明我们可以走到那儿。”他高兴地摇晃着索尔，这样的冒险路程真是刺激。

第二天，威尼和索尔按照老头指的方向继续前进。走了一个上午，他们终于来到塔克城堡的城门下。他们走进城堡，城内的人们大多皮肤黝黑、眼神涣散，衣着都破烂不堪。威尼和索尔经历了长途跋涉，即使已经臭气熏天，衣服被树枝划破，也比这些人的衣服还要完好。更何况威尼手里边还有一把剑，这更加引人注目。两人一进城内，便成为焦点。威尼和索尔走在路上，周围一双双眼睛都直勾勾地盯着他们。那些人头摆动的方向也随着他们走动的方向移动，感觉下一秒这些人便会一拥而上地吃掉他们。威尼和索尔有些不自在。如果说在礼仪小镇的感觉是像人在看着动物，那么在这儿的话，他们就像是两只被一群狼盯着的肥美羔羊。威尼很警觉地注意着四周的变化，注意着周围的人，注意着那些迎面而来的人。他的手紧紧地握住巨剑，感觉要是手里没有这把剑，或许这些人就会蜂拥而至，扒光他们的衣服，抢走他们的所有东西，甚至连人都拐走。

城堡中的街道十分拥挤、肮脏不堪，发臭的黏稠物都辨别不出是淤泥，还是人的粪便。老鼠在街道上肆意地穿梭，或许对它们来说，这里就是它们的王国。左右两边的建筑墙壁上都长满青苔，整个环境既阴暗又潮湿。阴沉的天突然下起了蒙蒙细雨，雨水里都带着一股酸溜溜的味道。威尼和索尔赶紧跑到一间有着一块伸出来的小木板的屋子下躲雨。这应该算是屋檐吧。威尼说道："这就是七大贵族塔克家族的领地吗？未免也太落魄了一些吧。"话语刚落，一坨粪便从他左侧掉落，距离他还不到两厘米。这看似没有砸到威尼，但感觉粪便中的汁水或者说气味已经是喷到他身上了。威尼探出头破口大骂："嘿，没长眼睛吗？！这是什么贵族修养啊？”只见房子上刚刚泼粪便的人，从身后再拿一盆，准备继续泼，吓得威尼和索尔赶紧跑。他们跑到另一个屋檐下，以为在这儿应该可以安心躲一下雨，想着等会儿往哪前进。但过了没多久，一桶污水从楼顶倾盆泼下。两人不停地转移，看起来像是老鼠过街。威尼大骂道：“这是什么鬼地方？你们是这样子对骑士的吗？”他们来到城中的主城堡，在城门外喊道：“我们来自莉娜家族，今晚需要借贵地暂住一晚。”城门缓缓地打开，一个卫兵走了出来，将两人带入城中。卫兵没有穿金光闪闪的盔甲，也没有银色的盔甲，就连普通的盔甲都没有，身上穿的盔甲就只是由藤蔓编织出来的藤甲，手上长枪的枪头都生锈了，简直没有什么战斗力。进入城堡内后，接待他们的是塔克家族全族，公民、长老、族长。他们很好奇这两个人是怎么来到塔克领地的。塔克族长发话：“你们是怎么进入我们塔克领地的？”威尼这时开始骄傲地吹嘘起来，说他们是靠着骑士勇往直前的精神，徒步走进来的，只要坚定自己的信念。大厅里一下子像是炸开了锅一样，纷纷争论了起来：“不可能！”族长说道，“这片枯树林被一个老巫师诅咒过。人一旦进去后，就不可能从里面走出来。我们曾经派出好几拨人，但没有一个人能回来。”原来这片塔克领地曾经也是比较富饶的地方，那片枯树林在以前是果林。这里的人们靠着果林生活，过得还算凑合。可是因为地形因素，限制了领地的发展，塔克家族的长老们便决定对外进行领地扩张。但又碍于其他贵族的约束，他们也开始进行反抗，对外发动战争，弄得人民流离失所。后来其他家族的人联合起来把他们赶回塔克领地，但贪婪的塔克人还是会时不时地离开领地，去骚扰其他家族。直到后来一个老巫师的出现，才得以遏制他们。老巫师对他们下了诅咒，让他们永远无法走出这片林子，而这片果林也变成了枯树林。自那以后，塔克家族的环境就越来越恶化，一直阴雨天气，植物都很难存活，粮食资源也就越来越匮乏。人们也开始相互抢夺，偷东西、抢东西的事情更是随处可见。人性也变得丑恶起来。塔克领地的贵族们为了逃出这个地方，给领地的河流投下了魔法药水，让这里的人变得更加疯狂、自私、贪婪，只要他们到文明的村庄，瞬间就会对当地进行入侵与洗劫。塔克家族的长老们也很无奈，一直在寻找新的出路，但最后都是无功而返。所以他们对威尼的言辞表示很怀疑，但是威尼和索尔确实是来自别的地方，这也无法给出一个合理的解释。威尼听了族长等人的解说，也觉得有些奇怪。他开始回忆，确实他们当时走的时候，是走不到这个地方的。他们在枯树林里一直走，可怎么走也都绕不出那一片林子。林中也极少有生命的迹象，偶尔几只小虫子罢了，小虫子出现时也都逃不过被威尼和索尔吃下的命运。当时他们也饿出了幻觉，秃鹫也犹如死神一样盯着他们，但那个时候一直支撑他的就是心中的骑士精神。“等等，老头！”威尼突然说道。族长等人立马问道：“什么老头？该不会是那个巫师吧！？”塔克家族的人又再一次沸腾起来。“老巫师！

一定是他！我们这里的人都没能从林中走出来，更何况在里面生活。”人们七嘴八舌地议论了起来。“杀了他！杀了他！应该给予他审判！这么多年了，我们这一直生活在黑暗之中。”塔克家族的人纷纷开始呐喊了起来。威尼感到事情好像朝着一个不好的方向发展。那个老头救了自己还有索尔的生命，这个时候却给他引来杀身之祸。威尼心里想：天啊，真是惭愧，这绝对不是一个骑士会做出来的事情，我为这样的自己感到羞耻，自己当初还想要宣誓为他效忠，现在想想真是可笑。事情到了这个地步，自责已经是无法解决问题的了。塔克家族在讨论明天什么时候出发去杀死这个老头。索尔在一旁也着急了起来，拍着威尼，小声说道：“怎么办，怎么办，我们这样，是害了老头了。我们得去救他。”现在不要说是救老头了，他们自身都难保。塔克家族的族长下令将威尼和索尔关进牢房，明天出发时，还要带上这两个人，要威尼和索尔给他们指路。威尼手中的巨剑也被剥夺了。他想当一个威风凛凛的骑士，现今却沦为阶下囚。身为骑士，可以战死，但绝不可以受这个屈辱。威尼喊道：“我要向你们族长发起决斗。”身为骑士，他有权利发出决斗，而身为七大贵族之一的塔克家族，他们面对挑战者，按理也应该接受这次决斗。然而，放在以前那个比较富饶的时期，毫无疑问他们会接受威尼提出的这个决斗，但是现在不一样了。他们经过这么长时间的改变，那种骑士精神或许早就不存在了。他们开始沦为乞丐，还在乎什么骑士精神。但是威尼一直不断地叫吼着，引起了塔克家族中一些年老成员的注意。那些长老觉得应该给他一个机会。他们开了个短暂的会议，最后决定给威尼一次决斗的机会。

虽然这次决斗，威尼的对手不是高大的巨人但是这个对手也不可小视。威尼开始通过这个对手的身体特征进行分析：身高与我相似，所以灵敏度应该也和我差不多；黑色的皮肤里微微鼓起的血脉显得有一定的爆发力，看来这次碰到一个硬茬了。威尼握紧手中的巨剑，摆出他的战斗姿势。“来吧，我威尼骑士从未败过，因为我代表的是正义的一方。”威尼每次决斗的时候，都是在遇见危险，或者是遇到不公平的时候，所以也可以说他是代表着正义的一方。同时，他这样也是在宣泄他的不满。发起决斗的威尼，同时也是在维护着他身为一个骑士的荣誉。如果他作为一个骑士都不敢去抗争这种不公平，那也是对骑士的一种侮辱。这个黑壮士手持狼牙棒，十分谨慎。威尼和他一开始都在相互试探着。威尼也一直用言语试图激怒对手。过了一会儿，威尼终于忍不住了，率先挥起巨剑向黑壮士砍去。对方一个闪躲，躲过了威尼这足以致命的一击。黑壮士则利用这个空挡的瞬间，用狼牙棒一个横扫，狠狠地打在了威尼的手臂上。一下子，威尼手臂处皮开肉绽，鲜红的血液顿时流出，他感到剧烈的疼痛，步伐有点慌乱了。他开始进入幻想，难道这一次将会死在这里了吗？每次决斗，他基本上都会想到，他还没有获得一个真正的骑士封号，不应该就这样就死去。受到伤害的他感觉快不行了，他的眼睛已经充满了红血丝。在一旁观战的索尔感觉威尼这次可能会死在这个决斗场上，内心十分焦急，禁不住念叨："天啊，帮帮威尼吧，他还这么年轻，不要让我的好朋友死去。"黑壮士似乎感觉到已经取得了战斗的胜利，便举起武器，对着观众席炫耀。正当他想要给威尼最后一击时，威尼这一次避开了，在避开的同时将巨剑向上一挑。原本欢呼雀跃的决斗场一下子安静了下来，那些为黑壮士欢呼的人们都愣住了，全场就只有索尔一个人的欢呼声。没办法，塔克家族只能还给威尼自由，但是他们决定只还威尼一个人自由，索尔还是得在牢房里待着，因为刚刚的决斗是威尼为自己的自由而战，如果索尔也要获得自由的话，要么他自己选择进行决斗，要么就让威尼替他决斗。刚经历了一场战斗的威尼已经无法再打一场了。刚刚这场他赢得并不容易。索尔知道自己还要被关在牢房里，十分无助，因为他没办法打赢决斗。因为这是骑士的优势，身为一个普通的法师，他又怎能挨得住刀剑呢？他也没有将希望寄托在威尼身上，他知道即使威尼会为他去决斗，威尼也绝对撑不了这第二场。索尔更希望的是，威尼可以逃出这塔克领地。威尼捂着伤痛，来到囚禁索尔的牢房门口，说道："你在这儿忍一下，我想办法救你……"还没等威尼说完，塔克家族的人就把他驱逐出城外。

威尼无助地瘫坐在一块石头上，他的伤口开始有些发炎，吸引来一些蚊虫。他仿佛又看到秃鹫在他头顶上盘旋。

临死前，他想到那个救了他的命的老头。威尼心想，不行，我要去告诉老头，明天塔克家族的人就会去杀他了，他得赶紧逃跑。威尼起身，顺着上次走来塔克城堡的路返程，可是他怎么找也都找不到那间破木屋了。他绝望地说道："难道我就要丧命于此了……"他开始念叨起他决斗后赢来的荣誉。他得到的认可，得到的尊重，得到的自由。这三次决斗对他都有着不一样的意义。可惜啊，可惜啊……他倚靠在一棵枯树上，放弃挣扎。

这时，老头终于出现了。"小伙子，怎么啦，怎么又受伤啦。"威尼睁开充满血丝的双眼，望向那个老头，说道："快！快离开这里，塔克家族的人说你是老巫师，要来对付你，你快点跑。"老头笑呵呵地说："好好好，我现在跑，但是得先把你的伤治好。"说罢，老头的附近便出现了那个破落的小木屋。威尼感到十分惊奇，明明刚刚他身边没有那个小木屋。"难道你就是塔克家族那些人口中说的，那个老巫师吗？"威尼疑惑地问道。"是的，没想到这么多年过去了，那些肮脏的人还是一点都没变。早知道，当时就下一个更加残酷的诅咒。"说完，老巫师便拿出一瓶药水洒在威尼的伤口上。"明天吧，明天你的伤大概就会痊愈了。我可真是神仙再现啊。"老巫师得意地说。可威尼却说："您能不能把诅咒解除了，我看他们那个样子也挺可怜的。""诅咒是解除不了了，不过等我死后，诅咒也就会自动解除。我都一把老骨头了，日子也快到头了，让他们再忍一忍吧。"老巫师的脸上表现出不满，再次说道："他们把你打成这个样子，你还要为他们求情，你可真是他们的贵人啊。"威尼擦拭着自己的宝剑，说："身为骑士，便得为无辜的人而战，要去保护人民。即使他们与我没有血缘关系，但这就是一个骑士。"威尼成长了，从他身上散发出的气质，还有他的观点和想法，越来越符合一个骑士的要求。威尼忧心忡忡，想着明天该怎样救下索尔他想到自己的朋友还在受牢狱之灾，自己却无能为力，十分愧疚。如果索尔死了，他也没有任何脸面回到莉娜的农庄，没有脸面去见管家。正当威尼一筹莫展的时候，老巫师大概也明白发生了什么事。他安慰道："小伙子，没关系，明天塔克家族的人不是想要来杀我吗，你就拖延一下时间，和他们聊几句。这个时候，我用魔法救出索尔就行了。我好像记得索尔是会魔法的人吧。"威尼看到了希望，便也重新燃起信心。他一定要把索尔救出。

到了第二天，塔克家族的人果然让索尔走在前面为他们带路。索尔拖着沉重的枷锁，一点一点地挪动。他的脚踝已经被这寒冷的铁链磨出了鲜红的血液。他们一行人也不知走了多久，走到了枯树林的深处。可是任凭他们怎么找也找不到那个破落的小木屋。塔克家族的人感觉到像是被威尼和索尔给耍了。领头的人勃然大怒，对着枯树林吼着："我们一定会找到你这个老巫师，还要拿你的人头来祭祀我的宝剑！"他们打算在这里处决了索尔。索尔跪在地上，领头人将宝剑竖立在脸前，闭着眼睛，开始念叨起审判词。索尔此时也闭起双眼，一脸平静。他已经面临过多次死亡了，对他来说早已习惯。正当领头人挥起宝剑，即将砍下索尔的头颅时，天空骤变，刮起了一阵大风，将索尔卷走，留下了塔克家族一行人呆呆地站在原地。老巫师原本还想着和他们好好聊一下，但是没有想到他们口出狂言。这一下子激怒了老巫师。他们被遗弃在枯树林里，等待着他们就只有死亡了。老巫师将威尼和索尔两人带到了枯树林外，告诉他们往东北方向走，便会到达卡佩家族的城堡，那里的人和环境或许会比塔克家族这班臭虫好得多。此外，他知道自己的时间不多了，便把一本魔法书送给了索尔，还把自己潜心研究而成的疗伤药水连同配方全部告诉了索尔，也把之前在威尼和索尔身上拿走的金币还给了他们。他对索尔说："你将来会成为一个很厉害的法师的。"说完他便消失在他们的视野中。威尼想，此时塔克家族那一行人，他们头顶的空中，早已出现许多秃鹫了吧。

他们开始下一个旅程了。一路走着，威尼心中继续燃起骑士梦，时不时要拿起剑挥舞几下，活跃路程中的气氛，也时不时和索尔打闹。这次在塔克领地，在枯树林中，威尼和索尔对死亡有了新的感受，彼此也知道接下来的路程不会总是一帆风顺，但即使在这个过程中有生命危险，他们还是愿意继续走下去。

第九章

※

他们一路北上，来到了卡佩家族的领地。威尼停下来歇息，对索尔说："我们应该改变一下行程，先从领地的外围开始去了解这个家族，然后再去他们的主城堡看看。不能像以前一样，一到一个新的地方，就直接去他们的主城堡。这样子总引来杀身之祸。"索尔非常赞同。他们先是进入附近的一个小镇，进去前他们也谨慎地看了一下小镇的名字，还了解了大概的地形和路线。这个小镇名叫"名誉小镇"。威尼看完也十分之疑惑，联想到之前在礼仪小镇的经历后，大致明白了在这个小镇里面应该注意的地方。不过何为"名誉小镇"呢？顾名思义，这个小镇的人应该十分在意自己的名誉。这么一来，威尼想，身为骑士的他必将会很受欢迎吧，并且现在他们身上还有金币，这样的路程应该不会很艰难吧。

威尼和索尔来到小镇一座比较豪华的客栈，有金币的他们终于不用去借宿或者睡破帐篷了。走进客栈，他们发现每一个座位上都标有小牌，这些小牌上有的写着公爵，有的写着侯爵，有的写着伯爵，有的写着子爵，有的写着男爵，最后他们找到写着骑士的座位坐下了。威尼提了提嗓子，招呼服务生过来，说道：“你们这里有什么好酒和好菜，都请端上来吧。”服务生打量着威尼的行装，看他穿的衣服有些破烂不堪，也没有什么象征着骑士的标志，便很礼貌地对威尼说：“您好，尊敬的骑士，是否可以说说您的爵位或者您的骑士封号呢？”威尼想了想，虽然他是从莉娜家族出来的，但是他并未授予封号，也没有什么信物。他看了看身上，也就一把剑，但也不能表明自己是一位骑士。威尼有些尴尬，说道：“我是来自莉娜家族的农庄，有待莉娜小姐为我封赏属于我的爵位或是骑士封号。”服务生回应道：“哦，那对不起，先生，这样的话，您就不可以在这张桌子上用餐了。这是给伟大的骑士享用的，我表示很抱歉。”索尔很生气地说：“我们会付钱，这样也不行吗？”服务生有些鄙夷地说道：“对不起，在我们这里，即使有很多的钱，但是你没有爵位和封号，也只是一个平民。”威尼见状，也只好挪位到平民的桌上。因为他们没有爵位和封号，就算是有钱，他们也点不了高档的菜品，只能很无奈地点了几个普通的菜，还有一瓶普通的葡萄酒。这时，进来了几个人，身穿昂贵材质的衣服，拿着一个象征地位的权杖，昂首挺胸地走进来。服务员赶紧上前，领着他们到一个写着侯爵的包间，对其马首是瞻，服务得十分周到。

索尔摆出一副不屑的样子，说道：“哼，他们这些势利眼，不知道现在在这儿坐着的人，可能是以后七大贵族中的莉娜家族的继承人。”威尼一听这话，赶紧说道：“别乱说，我是姨母收养的，没有莉娜家族的血统，是不可能继承的。姨母能封我个骑士，我就心满意足了。况且我也只想当一个骑士、一个游侠。”威尼一脸满足地边吃边絮叨着他的想法。“嘿嘿嘿，你可不能只是骑士而已，我还等着你给我封个伯爵、侯爵什么的。这可是你上一次在枯树林的时候答应我的。”威尼笑哈哈地笑道：“那时是为了鼓励你，给你打一剂强心针呢。不过如果我真能当上贵族，那我一定封个爵位给你，我保证。”听了这话，索尔也算安心了。

他们酒足饭饱后，时间也来到了晚上，便也住在了一间平民房。按照这里的地位和名誉排序，公爵地位最高，然后是侯爵、伯爵、子爵、男爵、骑士、平民。威尼和索尔没有什么爵位，最后也只能住进平民房了。平民房还不是在客栈这栋楼内，而是在后面的院子里，贴着围墙用木头搭起来的房间。而在房间附近还有一个大间房，是给仆人们住的。平民相对好一点，住的至少是小间的包房。而仆人住的隔壁便是马圈。仆人在晚上睡觉前，还被吩咐去先把客人们的马匹喂了再去睡觉。

深夜，威尼躺在一张又硬又破又摇摇欲坠的木床上，而床的位置刚好在月光能从屋顶透过来的破屋中间，旁边躺着索尔。他们只躺在一张席子上，盖着一张很硬的毛毯，与其说是毛毯，倒不如说是一块大帆布。在这样的环境下，威尼没有睡着，在床上左右辗转着。夜深人静时，人难免会想很多是是非非。威尼开始想这个历程中他看到的东西，学到的东西，一定是可以帮助他成为一名荣誉骑士，但是在这个小镇上，这些人却只会用人的名誉和地位去判断一个人的高贵与低贱。在威尼的心中，骑士才是一个值得被尊重的人。据他目前所了解的，一个骑士应该要具备高尚的人品、厉害的剑术，还有优雅的礼仪。这应该就是成为一个骑士的资格了吧。威尼此时有点渴望成为一个真正的骑士，这样子他就会受到别人的尊重。他想着想着便进入了梦乡。

第二天清晨，他们被隔壁马圈中的马吵醒了。由于昨天晚上仆人忘记喂马，这些马早早就在一直咆哮着。马圈的位置特殊，是处于仆人房间和平民房间的中间。威尼的房间也就刚好位于马圈的隔壁。那些马一边咆哮着，一边踹着威尼和索尔住的那间房屋的木板。没办法，他们只能起床去查看。由于威尼和索尔刚进入小镇时穿的还是之前那身破烂的衣服，他们竟被客栈的管理人员当成仆人，还被叫去喂马。这可把索尔气坏了，他从没见过这样对待客人的。经过威尼的一番解释，这才化解了这个乌龙。不过他们也决定去镇上的裁缝店缝制一套新衣服，换一身行装，毕竟他们身上的衣服实在是太破了。他们离开莉娜家族的农庄时，带出来的衣服就剩下这么一套了，且是一直穿着。

他们来到镇上的一间裁缝店，威尼开始挑选布料。他看中一块品质上乘的丝绸，刚想问店老板这块布料怎么卖。还没等他问出口，店老板就说："这块布料你穿不了的。"威尼很是疑惑，便问老板："为什么我穿不了，是怕我们买不起吗？”店老板笑了笑说：“不不不，钱在这儿是小事，是你的名誉不配支撑这一件衣服。这是公爵才可以穿的布料。”威尼很不爽地说：“那你怎么认为我不是公爵呢？”店老板拍了拍刚刚被威尼斯摸过的布料，叹了口气说道：“卡佩家族的公爵也就只有两个，其他家族的公爵加一起最多也不过十个。你要是公爵的话，那我可还是国王呢！”没办法，在这儿敌不过这么讲究名誉的人，他们也只好买了套平民才可以拥有的衣服。“真是憋屈！”索尔开始叨叨起来，“我们赶紧离开这儿吧，这里的人也就这样……”威尼才不听索尔的唠叨，他已经习惯了索尔这样了，一路以来他没少听。

就在这时，威尼看见一个年轻女子，身穿藕色的纱衫，身形苗条，大眼睛，肤白如雪，脑后露出一头乌云般的秀发，手里提着一个花篮。她后面还跟着两个身穿银色盔甲的卫兵。三人朝着威尼迎面走来。威尼此时正值青年，正是血气方刚的时候，看见这样的女孩子，一下子心就沦陷其中。望着她的背影，他只觉得这女子身旁似有烟霞轻笼，仿佛就是一位美丽的天使。威尼回到客栈，开始回忆起这位美丽的小姐，她一定是一位贵族家的女孩，或者是一位公主，不然身后怎么会有两个卫兵呢？他开始向别人打探有关于这位小姐的消息，便问服务员：“你认识那位美丽的贵族女士吗？”服务生掐着手指示意了一下，威尼还不太懂是什么意思。服务员很是傲慢地说道：“你在这里住还不懂规矩吧，就是，嗯，小费……门童都比我好，每天就开一下门，那些贵族给的小费多了去。”威尼没办法，只好让索尔给他几枚金币。服务员拿过金币，瞬间跟变了一个人似的：“那位小姐啊，其实是卡佩家族的一位公爵的女儿，家族里的人都很是疼爱这位小姐，如果你要追求的话，我劝你最好放弃。毕竟你现在什么都没有，你就只有一些金币而已。这有金币的人很多，但是没有爵位，便有再多的金币，也没有用。”这一番话说得索尔很是不舒服，他冲着服务生说：“莉娜家族的农庄，莉娜小姐是威尼的姨母。以后他的爵位一定不会低。”服务生笑呵呵地说：“好吧好吧，等以后有的话再说吧。即使你得到爵位了，人家可是公爵，可以选择的人又那么多。”威尼则不在意这些，只想怎么能和这位美丽的小姐搭上话，或者说怎么才能再次遇见这位美丽的小姐。他刚好听说最近这个公爵在当地小镇准备开一家面包店，因为这地方盛产小麦，人们大多会把小麦制成面包。这儿的面包很受欢迎。面包店的开业时间好像是两天后，而且当天这位美丽的小姐会来这里迎客。威尼想，这便是他与这位美丽的小姐接触的机会。他开始想着到时候见到她时应该怎么和她搭话，或是说怎么样才可以让她记住他。

那一天很快就到来，面包店也按照发出的告示时间开了起来。公爵在门口举行了一个开业仪式。第一天，他给镇上的人免费发放面包，所以这一天人们早早便排起了长长的队伍。威尼也加入其中。这几天，他请那位服务生教他如何写情书，还让他写见面稿，也就是教威尼和卡佩小姐见面时，应该怎么样去和她聊天，威尼也将那段稿背了又背。随着大家一个接着一个地领完面包离开，威尼看到她身后站着的那两个卫兵，还怪吓人的。那种庄严感，比威尼之前在其他家族看见的卫兵要高很多。公爵此时像是有什么重要的事情，匆匆离开，让卡佩小姐在这迎接客人，发放那些免费的面包。很快就到威尼了，他已经提前把稿背得滚瓜烂熟。“美丽的小姐，你好，我是威尼骑士，请允许我为你朗读我写的情书。自你从我身边经过，我就沦陷了……”还没等威尼背完他的情书，卫兵就上前将威尼拉走。威尼冲着卡佩小姐喊道：“我是威尼骑士，记住我，我明天还来。”卡佩小姐被威尼这一举动逗乐了。如果说卡佩小姐是漂亮的话，那其实威尼也长成一个英俊的小伙子，脸如雕刻般五官分明，有棱有角的脸俊美异常。他外表看起来好像放荡不羁，但眼里不经意流露出的神光让人不敢小看。卡佩小姐看着威尼的样子，不觉心中对其也有了兴趣。被驱赶的威尼回到客栈，继续背稿子，生怕忘记。他想了想，看来直接这样对着她念是行不通的了，应该想办法请她出来，然后再对她说才可以。回到店里的卡佩小姐突然也想起了威尼的话，说是明天还来，她心中也好奇起来。

第二天，威尼又来到了面包店门口，透过橱窗向卡佩小姐，挥了挥手。此时卡佩小姐在做着甜点，看见窗外的威尼，擦了一下手，便悄悄地跑出门外。威尼很是兴奋，如果她的姨母答应让他出去冒险，他走出莉娜家族的农庄时是兴奋的，那么这次面对卡佩小姐就是既兴奋又有些害羞。威尼对着卡佩小姐说道："美丽的小姐，你好，我是威尼骑士，请允许我为你朗读我的写的情书。自你从我身边经过，我就沦陷了。和你擦肩时，我屏着呼吸，芳香却能够通过我的毛孔渗透到我的身体，刺激我的大脑神经。那个味道是我对此世间的迷恋，是晴空万里，是汹涌海岸，是丛林深处……"他还没念完，卫兵又出来了。卫兵再一次驱赶了威尼。这时卡佩小姐丢出一块手绢，但威尼没有接住。这一刻卡佩小姐似乎喜欢上这位勇敢的骑士了。威尼回到客栈，想着刚才的事情，开心地跑到院子里拿起剑挥舞了起来，还装起了腔势，自言自语道："美丽的小姐，威尼骑士愿意效忠于你，守护着你。"一旁的索尔摇着头叹了口气："完了，接下来的路程我自己走就行了，他恐怕是不想走了。"服务生也开始佩服威尼的勇气，对他渐渐地尊敬了起来。

威尼打算明天继续去找卡佩小姐。但这件事很快就传到了公爵的耳朵里。公爵十分生气，因为他觉得自己的女儿在被人调戏。他命令卫兵，如果再遇见像今天这样子的事情，可以直接将威尼就地正法，以调戏良家妇女定罪。

又是第二天，威尼继续来到橱窗前，刚想要打招呼，卫兵就冲了上来，准备将他拿下。威尼赶紧拿起剑，开始抵抗了起来。这时，周围的卫兵也围了起来，威尼见状只能放弃抵抗。公爵走了出来，正想下令处死威尼。可是威尼也不是那么容易就会被处死的人，他向公爵发起决斗的请求。“身为骑士，只能战死，绝对不可以被侮辱，甚至含冤而死。”此话一出，公爵只好命卫兵团的骑士长和威尼对战。这下子事情就闹大了，全镇的人纷纷跑来观看这场决斗。赶来的人都在说着：“快走，快走，听说有人公开挑战公爵，要与公爵决斗，这可没有什么人会这么做呀。”随着人聚集得越来越多，气氛也逐渐地烘托了起来。威尼面对骑士长丝毫不慌，现在的威尼可是经历过了多场决斗的人。他掐起嗓音说道：“尊敬的骑士，为了不让这次决斗的场面变得太过血腥，我们还是点到为止吧。”骑士长却不这么认为。他是听从公爵大人的命令的，是要在这次决斗中直接处决威尼。这比起以安上一个罪名杀死威尼来得干净。所以，他在决斗中杀了威尼，是最省事的。骑士长似乎也十分小瞧这个看似放荡不羁的年轻小伙。场下的人开始呐喊着：“为名誉而战！”

决斗开始，骑士长率先举起长枪，手举盾牌冲向威尼。这满身是铠甲的骑士长在威尼看来是破绽百出，十分笨拙，像是个花瓶一样。相反，威尼则没有穿戴任何盔甲作为保护。这样子虽然可能会被这位骑士长一枪挑穿，但是没有沉重的护具，威尼可以有灵活的走位。所以骑士长向他冲来时，威尼都很轻松地就躲开攻击，同时还贴着长枪一个转身，就到骑士长身边。威尼用他的剑砍向骑士长的盔甲，骑士长的盔甲被威尼打得嗡嗡响，打斗过程中威尼占尽了优势，这让在一旁观看的公爵十分之恼火，他的脸面有些挂不住。如果骑士长换成用剑的话，或许不会显得这么笨拙，因为长枪是骑在马上战斗时使用的武器，用来进攻的话，所向披靡，但是在两人都没有骑着马决斗时，这长枪就没有什么大用处了。公爵便开始喊着："骑士应该正面决斗，不可以这样躲避。"意思是说威尼这样子是懦夫行为。威尼听见公爵这么说，心想，如果我击败他，这才是我的光荣。别人只会看到决斗的最终胜利，况且我也没有用什么下三烂的手段，没有谁规定了决斗不可以躲避攻击的。威尼觉得应该结束这场战斗了。他再一次躲过了攻击，用剑绊倒了骑士长，一个翻身便压在了他的身上，将剑顶在了骑士长的脖子上。胜负已有分晓，威尼挪开了剑，此时围观人群的欢呼声瞬间响起。索尔在场下永远是喊得最大声的那个，连客栈的服务生也跑来欢呼着。公爵让手下的仆人去了解一下威尼的来历，然后气愤地带着卫兵，还有他的女儿卡佩小姐离开了。威尼望着美丽的卡佩小姐，心有不甘。原本他以为打败了骑士长就可能会获得公爵的青睐，或许还会直接把卡佩小姐许配给他。他的美梦倒是做得不错。回到客栈的威尼开始想念起卡佩小姐，但他又觉得在这小镇耽误了太多的时间，还想要去别的地方看看。按照威尼一开始安排的路线，还有很长的路程需要走，总不能在这里待太长时间。威尼在内心挣扎片刻，觉得要去找公爵，并向卡佩小姐求婚。索尔这下纳闷了，说道："我们不是要去走遍塔亚大陆吗？那你这是要留下来了？”“我在追求一段完美的爱情，她喜欢我，我知道的，她会答应我的。”索尔听完威尼这番话，觉得威尼是不是傻了，在这个这么讲究名誉的小镇上。威尼目前什么都不是，公爵怎么可能答应他，怎么可能把自己女儿嫁给一个平民呢？如果会，固然是好事，但这是不可能的事。索尔想让威尼认清现实。可是威尼此时此刻已经沦陷在爱河之中，不管索尔怎样劝说，还是执意前往公爵府。

威尼来到了公爵府，昂首挺胸地走进大厅。公爵很不屑地看着威尼，说道：“你来干什么？如果你想娶我的女儿，那么不可能，你可以回了。不要以为你打败了我的骑士，你就可以为所欲为。”威尼说道：“恋爱是自由的，我喜欢卡佩小姐，卡佩小姐也喜欢我，您应该给予我们祝福。”公爵说道：“难道你要让我的女儿跟着你去冒险吗？而且你现在什么都没有，我的女儿怎么说也得嫁给一位伯爵，或者男爵，至少他得是个骑士，有封号的骑士。像你这样的杂牌，是配不上我的女儿的。”威尼这才相信了索尔的话。他以为卡佩小姐的父亲贵为卡佩家族的公爵，应该会是个开明的人。威尼很是不服，说：“等我成为一名真正的骑士后，我还会回来的。”说完威尼便离开了公爵府。公爵看着威尼的背影，傲慢地说：“等你真成为骑士，我就把女儿嫁给你。”可怜的威尼回到客栈收拾起行装，然后打开地图看了一眼，决定前往卡佩家族的城堡，看看能不能找他们给自己封一个骑士封号，便让索尔准备一下，然后出发。索尔这儿天也没闲着。在威尼迷恋着卡佩小姐的这段时间里，他每天都在学习老巫师送给他的魔法书，学习研制治疗药水，想着如果在接下去的路程中受伤了，就可以用上。他们出发前，客栈的那位服务生给他们准备了一点干粮。他说："你俩来到小镇后，给我增加了许多的乐趣，也给小镇制造了许多讨论的东西。这点干粮给你们路上吃。"

路上，索尔奇怪地问："你是想通了吗？怎么突然就想走了呢？不是想要娶卡佩小姐为妻吗？"威尼说："在这儿我总算是明白了，这些人主要还是看人的地位，我得去为了我的荣誉战斗。等我被封为骑士时，我再回来找卡佩小姐。"说完，他们朝卡佩家族的城堡方向走去。

第十章

※

他们一路走走停停，偶尔顺路就搭上别人的马车。在搭上别人的马车时，威尼还会求马夫将马借他骑几圈。骑的时候，他也少不了说他的骑士宣言，还有舞剑。晚上没地方睡了，他们就只能和之前一样睡在芭蕉叶帐篷内。索尔现在搭帐篷的技术也提高了不少，以前只是简简单单的两片大叶子盖在围成一个圈的藤蔓上，现在则是会利用地形，将藤蔓盘绕在几根树干上，拉出一个像屋子一样的形状，然后再用芭蕉叶盖在上面，最后用藤蔓盘成两张吊床。他们不知道越过多少个晚霞和清晨，来到了卡佩家族的城堡。这段路程还算是平静且轻松，没有像之前一般磕磕碰碰。

这座城池很大。他们进了城，看出卡佩家族是一个势力较大的贵族。他们主城堡外的集市，还有平民区，相对他们见过的其他家族城堡要大得多。这里的街道非常宽阔，几辆大马车并肩而过绰绰有余。集市里的物产也非常丰富，饱满的玉米、圆圆的土豆、巨大的南瓜……堆积如山。农场主和商人在买卖这些东西时，都是一马车一马车地拉走。街道左右两侧的商铺、小摊更是摆着各式各样的东西。威尼和索尔瞬间就被这热闹繁华的都市吸引住，有用木头雕刻的小玩具、好看的瓷器，还有小风车……威尼买了一个小风车插在腰间，想着以后如果有一匹马，那么他将会把这小风车插在马上，这样马一奔跑起来，风车就会转得很快。索尔则买了一个瓷器小瓶子，用于装他的治疗药水。“我们的金币快用完了，剩下没几个了，怎么办？”索尔说。威尼不慌不忙地说：“别急，之前我们刚出门那会儿，不小心把金币用完了，我们就和以前一样，找户人家借宿一晚吧。”然后，他们用仅剩的金币，先找了一个客栈住下。

这里的服务生倒不像在名誉小镇上那样子，住客是平民也好，贵族也罢，他们都是一样的态度，就连说话的用词、语气，都像是提前教过一样。总之，他们的服务让你觉得舒舒服服地。服务生来到他们桌前，问道：“两位先生，有什么可以为你们服务的吗？”“可以先看一下菜单吗？”威尼问道。索尔看着服务生这么有礼貌的样子，心里也愉悦了起来，因为在这之前，他们总会受到冷眼。威尼刚翻开菜单看了一眼——不看不知道，一看吓一跳——菜单上的价格多少有些高。服务生看见他们的反应，也没说什么，还很客气地说：“我先给两位倒杯水吧，看两位先生也不像是本地人，应走了那么多路程也劳累了吧。”说完便去倒了两杯水。除了两杯水，他还端上一小盘方糕。服务生说：“这些方糕是餐前的小吃，是免费的，好吃的话，等会儿再给你们拿一盘。”威尼和索尔用所有金币先点了一顿大餐，先饱餐一顿，然后再想想有什么方法可以赚一些钱，赚点路费。这个城那么热闹繁华，也就意味着有很多的机会可以赚取金币。有了金币，他们还可以在昨天的客栈美餐一顿。第二天，他们走在镇上，想找一个赚取金币的事情干。威尼和索尔打算分头去赚金币，这样可以发挥他们不同的专长。因为之前在礼仪小镇时，威尼曾经帮忙史蒂夫太太送方糕去丽莎夫人那儿，想着要不就帮忙送东西吧，这份工作他也做过。威尼便来到了一家送邮件的驿馆。他轻轻地推开门，走进了驿馆，问道："有人吗？有需要帮忙送东西吗？我只需要很少的金币就可以干活的。"驿馆的老板看了看威尼，感觉他不像是本地人，穿着朴素。刚好这时店里的伙计都外出送东西了，老板这儿有一份小物件需要送到隔壁街道的酒馆里。老板问道："你把这个东西送到隔壁街道的酒馆老板手中，然后给你两个金币，可以吗？"说完，老板还提了提他的眼镜，打量着威尼。威尼想了想，虽然两个金币确实挺少，但只是在隔壁街道而已，也不是很远，便答应了驿馆老板。威尼接过物品，离开了驿馆，来到了隔壁街道的酒馆，轻轻地推开酒馆的门。酒馆里声音嘈杂，吆喝声不断。坐在散台上的人和坐在吧台上的人，大多手持武器，有的拿着流星锤，有的拿着重剑，有的拿着斧头……五花八门，还有一些穿着盔甲的，手持的剑像是军队中的武器。这一下子引起了威尼的兴趣，他拿刚赚来的两个金币点了啤酒，也跟着在吧台坐了起来，听着这些人在聊些什么。一个胖胖的大汉说："我以前在塔克领地旁的枯树林杀死过一头凶狠的老虎。那时你们不知道有多恐怖，话说……”这一顿吹可没把威尼给笑死。威尼也没有去揭穿这位壮汉，而是在一边静静地听他们吹牛。这时有人说：“你们知道吗？过些天，卡佩家族的人要在决斗场举行活动，能在场上战到最后的人，听说是会封为骑士。”“骑士？！”威尼一听，便立马凑近去听。他问道：“如果不是卡佩家族的人，也不是卡佩领地的人，也可以受封吗？如果是平民，也可以吗？”一旁一个穿着盔甲的卫兵看了看威尼，挑衅地说道：“你想参加？我劝你还是算了。”他们的对话引得所有人哄堂大笑，这时威尼也不管他们如何嘲笑自己，只知道如果去参加，就有可能被封为骑士。那样的话，他就可以威风凛凛地回到名誉小镇去找卡佩小姐，并向她求婚，然后还可以带着卡佩小姐一起回到莉娜家族的农庄，让他的姨母看看。

他赶紧跑回客栈，此时的索尔还在客栈里喂马，他喂一天的马可以得到五个金币。一天的时间也差不多过去了，威尼急匆匆地找到索尔，告诉他这个好消息：“我听说过几天在决斗场有个活动，和别人决斗，然后战到最后的人，可以被封为骑士。怎么样？怎么样？是不是很酷？这样的话，我就可以成为一名有封号的骑士了。我威尼骑士终于要有一个真正的名号了。”听完威尼的话，索尔觉得这个消息不是很靠谱的样子，便说：“那决斗的话，这个城堡这么多人，肯定会有很厉害的人，这样你也可能会有生命危险啊。我觉得还不如等以后回到莉娜家族的农庄后，让莉娜小姐封你一个骑士封号就可以了。”威尼已经等不及了，迫切地想证明自己。他不听从索尔的建议。他把自己留在客栈的后院，开始练起了剑。索尔则天天去喂马，还有帮忙挑水，来赚取金币，以供他俩的吃饭和住店的钱。

来到活动那一天，威尼昂首挺胸，像以前去决斗一样。他们来到了决斗场，这里早已人山人海。决斗场很大，是一个圆形的建筑，观众席位由中心向四周慢慢抬升。观众台下是角斗士的休息室。威尼来到了现场，报了名，还签了生死状。这样大场面的决斗，两人还是第一次见到，索尔突然有些不好的预感，开始唠叨起来：“等上场的时候如果情况不对，认输就行了，不用太过逞强。我有种不好的预感。”“认输？”威尼说道，“我身为骑士，在我的字典里是没有‘认输’这个词语的。虽然这次决斗不是为正义而战，但也算是为个人荣誉而战，我相信上天还是会保佑一个善良而且勇敢的人的。”话音刚落，威尼看见别的休息室中有许多人都在准备——人数比想象中的多。威尼感觉事情有点不太妙，因为一开始，他心想应该是打几轮而已，但是这么多人的话，岂不是要打很多场？这时，决斗的钟声响起，各个休息室的大门被打开，角斗士一个个走了出来。威尼这时愣住了，原来他以为是一对一的决斗，结果是一百个角斗士同时入场，战到最后的那个人就是胜利者。角斗士一个个的身形巨大无比，有的手持重剑，有的手持长矛……比赛允许带各式武器，只要在这场战斗中活到最后就行，没有限制战斗的形式。观众席的欢呼声震耳欲聋，贵族也都在贵族席中呐喊着。此时的索尔，拿着金币跟着别人去赌，压最后的胜利者。

决斗的钟声再次敲响，战斗开始。威尼刚向前走没几步，就被一个飞来的流星锤砸晕了过去，瞬间眼前一片乌黑，躺在了地上。索尔在观众席上呆住了，在他的认知里，威尼从来没败过，可是这一次战斗刚开始，他就被击败了。场内已经混为一团，可现在的情况还不能进场抬走战败的人，必须等到最终的胜利者出现后，才可以进场内抬走战败的角斗士。索尔心里已经是慌乱如麻，不知道要怎么办。威尼在场内，他无法去救他，说不定威尼已经死了，而他的魔法药水也救不了已经死了的人。此时的索尔只能祷告，希望战斗尽快结束。观众席中有的在高声呐喊，有的开始摇头晃脑地叹气——摇头晃脑的，应该是自己下注的战士已经倒下了。贵族台上的贵族们有的喝着酒观赏场下的决斗，有的在为他们下注的战士呐喊着，可他们输了钱不会在那儿摇头晃脑，而是很轻松地和其他人碰个杯，祝贺那些下注成功的人。场上的战斗很快从一百人变成十几个人，到最后的几个人……

威尼渐渐地睁开了眼睛，迷迷糊糊的。此时的威尼已躺在了客栈的床上，身上的伤口已经包扎了。他意识到自己输掉了比赛。索尔看见威尼醒了，连忙跑到他跟前说："你吓死我了，我以为你可能活不下来了。你知道你昏睡了好几天吗？”威尼很是郁闷，对这场决斗没有什么印象，只记得决斗钟声响起没多久，自己就给击晕了过去。他说道：“果然，当我不是为了正义而战斗时，老天不会照顾我。这样子，我的骑士美梦也没了。”威尼开始反思起来，想到场上的决斗士都异常凶猛，但是有一个很奇怪的点，就是他看见那些人在休息室里时好像喝了一瓶什么东西，然后到场上时就完全变了样子。他把看到的事情告诉了索尔，索尔听完后似乎想到了什么。两人决定今晚悄悄地潜入角斗场一探究竟。

晚上夜深人静，寒冷的月光打在角斗场上，一阵凉意闪过。威尼看着角斗场，感到这里其实就是一个屠宰场。在这里死去了许多的勇士，他们都在为自己所谓的名誉而战。或许那些在今天傍晚死去的人，他们的亡灵都会在这儿聚集吧，所以这里才会显得这么寒冷。威尼给索尔描述了那个瓶子大概长什么样子。“像一个锥形的玻璃漏斗，瓶口有一个木塞。”威尼说道。他们在角斗场的休息室中寻找起来。两人翻箱倒柜，桌子下、柜子旁、垃圾篓……每个地方都不放过。突然，威尼在一个不起眼的门缝里发现一块玻璃的碎渣，直觉告诉他，这可能就是装神秘药水的瓶子的碎片。他让索尔赶紧收起，然后两人回到客栈开始研究起来。索尔闻了闻附在玻璃碎渣上的味道，然后看看魔法书中的内容，这果然和索尔想的一样，是一种让人喝了可以在短时间内变得强壮和狂暴的药水，不过它有一定的副作用，会损害身体。

这种药水和之前威尼一世国王喝的葡萄酒不一样，威尼一世喝的对身体不会产生什么副作用，而是慢慢让身体变得更加有力量。得知真相后，威尼心有不甘，但结果已经产生了，也没有什么办法。他独自一人来到酒馆。

夜晚，酒馆还是依旧有很多的人。威尼点了一杯啤酒，在一旁坐下，听着酒馆里的人高谈阔论。这让心情不悦的威尼得以舒展心情，他开始想念起在莉娜家族农庄的生活，想到了莉娜姨母，又想到了卡佩小姐。他拉开地图看了起来，还有一半的路程没有走完。他打算明天就离开这个地方，继续前往下一个目的地。可威尼没意识到，他刚刚看地图的时候，就被几个人盯上了——在大多数人眼里，卷轴式的地图多半会被认成藏宝图。而酒馆里鱼龙混杂，多半是一些亡命之徒。这座城看起来是富饶，同时也危机四伏。威尼将地图塞进腰间，继续喝起了酒。没过一会儿，威尼便觉得有些困了，天也有些灰蒙蒙亮。他决定回客栈睡一觉，再和索尔一起出发。他迷迷糊糊地挤开挡在酒馆门口的几个人，走没几步路就发现身上少了什么东西，原来是忘记拿剑了。于是他又回到酒馆内，只见门口那群人已经不见了。威尼一只手拿起剑，另一只手挠了挠腰间，却发现藏在腰间的地图不见了。他瞬间清醒了过来，突然想起刚刚在门口的那群人，意识到可能是那群人偷走了地图。威尼连忙跑到吧台问老板：“您好，请问您认识刚刚站在门口的那群人吗？”老板看是陌生的面孔，便很随意地说了句：“不知道，我不认识，很抱歉。”威尼心里很清楚，老板肯定和他们认识的，因为不久前老板还和那群人一起聊天了，而且还聊得很兴起，只是老板不肯说而已，说不定他们就是一伙的。威尼很生气地说道：“好吧，你最好是不认识，不然我就用你们这里的规矩和你决斗。”说完他便愤怒地离开了。这里的规矩，就是打牌的时候如果出千，是要被剁手的，偷东西也不例外。老板不禁打了个寒战，心里想：就你还和我决斗？你也不看看自己是谁，我在这儿混了这么久，还怕你这个外地人吗？老板拿起一个酒杯，擦拭了起来。

威尼回到了客栈，有些气急败坏，因为他找了很多地方，都没有看见那帮人。他凭借自己的记忆，隐约记起了一个人的模样，这个人就是上次在酒馆中吹嘘自己在塔克家族领地的枯树林里打死一只老虎的胖汉。威尼告诉索尔：“我们的地图丢了，我们今天是出发不了了，必须先找到地图。这可恶的小偷。”索尔奇怪地问道：“这里的人不都生活得挺好的吗？为什么还会偷东西呢？”威尼说道：“不不不，上次我送东西到酒馆那儿，那里的人大多是一些亡命之徒，这里只是表面看起来一片祥和而已。最好不要被我抓到他们，不然我一定拿他们来祭我的宝剑。”索尔被威尼这一番话吓到了，感觉威尼变得有些暴躁，甚至急功近利。索尔开始担心威尼在以后的路途中会慢慢变成一个“魔鬼”。他发现，自从威尼离开了名誉小镇后，开始慢慢地改变。威尼以前在礼仪小镇学到的那些骑士礼仪，他都忘记了，还有以前的他，会以骑士精神为荣，现在则有些太过注重名誉，虽然注重名誉是不是一件坏事，可是威尼好像有些理解错“名誉”这个词的真正含义了。他觉得名誉是一个爵位，是一个封号，所以现在的威尼才会一直想要为一个爵位或封号战斗。但是，所谓的名誉，是要自身有正义之心，自己的所作所为能树立起一个好的名声。威尼和索尔一开始的初衷，是带着骑士精神去看看外面的世界，去冒险，去成长，学习成为一个真正的骑士。在这个路程中，他们一开始是有学习到一些正确的东西，但同时他们也被一些不好的观念影响了。索尔赶紧向威尼指出，现在的他们有些偏离一开始的初衷。威尼说道：“你说的固然有道理，但是我们的地图被偷了。当务之急是我们先得找回地图，这样我们才可以向下一个地点出发。”“这群可恶的小偷，我一定要把他们绳之以法，然后送去卡佩家族的议会中心，让他们来审判。”索尔也觉得找回地图是必须先解决的事情。他们无法搜遍全城，于是决定先在酒馆门口蹲守，因为如果老板和他们是一伙的话，那群人迟早会回到这个酒馆找老板的。

威尼和索尔便乔装打扮，守在酒馆门口对面的一个拐角处。果不其然，在一个晚上，酒馆在营业时间反常地挂出了打烊的牌子。牌子挂上不久后，那群人中的几个人便走进了酒馆中。索尔此时想要冲上前，用他的魔法藤蔓绑住他们，但被威尼按住了，让他不要冲动，以免打草惊蛇。威尼爬到酒馆的屋顶上，透过一条裂缝偷偷观察酒馆里面的情况，只见他们将卷轴式地图放在桌子上摊开，那几个人和酒馆老板在那儿左看看右看看，却看不出什么所以然。因为他们不像威尼和索尔一样去过很多地方，可以根据去过的地方，通过对比得知他们的位置在哪儿，而地图上代表城堡等的标记，也需要有一定经验才能慢慢看懂。看来这几个人和酒馆老板也只是在这个卡佩领地范围内活动而已。过了一会儿，其中一个人渐渐地看明白了一些，说道："这应该是一张整个塔亚大陆的地图，因为我之前潜入过一个贵族家中，看到过城堡地图，这张看起来和那张有一些像。"此言一出，在场的人瞬间觉得这张图比藏宝图还更加值钱，因为如果给七大贵族中的任何一个贵族拿到手，都会是他们的一个巨大优势——了解地形的话，更有利于军队打仗。这张地图如果落入塔克家族手中，那么他们将会走出乌尼亚斯山脉，然后对大陆平原进行侵略。在那群人和老板正商量将此图卖给哪个家族时，威尼从屋顶跳下，瞬间踢倒一个人。索尔也冲了进来，用魔法藤蔓绑住了几个比较瘦弱的。威尼把剑一挥，架在其中一个人的脖子上，说道："我不想伤人，把地图还回来，不然……"老板见状，拿起地图就跑。索尔用快速生长出来的藤蔓将这几个贼绑了起来后，和威尼一起追上去。他们追着酒馆老板到了一条巷子的尽头。酒馆老板看无路可退，回过头央求着："看在老天的分上，放过我吧。我回酒馆拿金币给你们，好不好？只要你们肯放过我。"威尼说："你忘了上次我怎么说的吗？别让我抓到，我现在是代表正义来审判你这个肮脏的小偷。”正当威尼想要惩罚他时，索尔赶紧阻止：“他说要送我们金币，我觉得可以。因为我们现在没什么钱了。”威尼开始犹豫了起来，最后说道：“身为骑士游侠，我接受你向我赠送金币，也算是你的赎罪吧。”于是，他们带着酒馆老板回到了酒馆里。酒馆里的人都吓得呆呆的，不敢乱动。威尼看见那个吹嘘的大汉，问道：“你真去过塔克领地的枯树林吗？”说完，威尼和索尔便哈哈哈大笑，拿着金币离开了酒馆。

第十一章

※

威尼和索尔拿着在酒馆获得的金币，买了两匹马，这样他们的路程就轻松了很多。威尼也变回以前那样，骑着马，直视着前方，时不时挥舞一下剑，展示一下自己的剑术。索尔则比以前更加大胆，不再那么懦弱，尤其是在酒馆施展魔法的时候，他发现自己长进了不少，暗自欢喜。以前的他，浑浑噩噩的，但在跟着威尼这样的人一起冒险后，多少受到了一些影响。现在的索尔正朝着成为大法师的目标奋进。他们走过麦田，穿过草地，向着最北边的利亚家族前进，越往北走，温度也越来越低。秋季即将结束，冬季即将到来。天空下起了绵绵的雪，从南方来的威尼和索尔初次见到雪，很是兴奋。他们把马缰绳拴在大树上，然后在雪地里打滚，堆砌雪人，还打上了雪仗。不久后，他们来到了利亚家族领地附近的一个小村落，打算停靠休息一晚再向前进发。

这里说是村落，也不太像村落，因为只有十户人家不到。这里的气候大部分时间都比较寒冷，入冬时，人们都会穿上一件用动物皮制成的大衣作为外套以保暖。刚到此地的威尼和索尔已经冻得瑟瑟发抖。黄昏来临，房子里的蜡烛也都渐渐亮了起来，烟囱里飘出了炊烟。威尼和索尔牵着马进了村子，来到一户人家门前。威尼轻轻地敲了敲门。“谁啊？”此时一个身材瘦小的老汉打开了门。“您好，很抱歉打扰到您，我们是从南方来的。天色已晚，我们想在您这儿暂住一晚，您看可以吗？”老汉瞅了瞅威尼和索尔，感觉他们不像是什么坏人，便领他们进家里。老汉一家人正准备吃晚餐，也就邀请威尼和索尔一起吃饭。威尼开始自我介绍：“很感谢你们愿意收留我们。我是威尼，是来自莉娜家族的农庄，他是我的伙伴索尔。我们可以向你们支付金币。”“我是埃里克，这是我的女儿卡莎。”老汉说，“平时村里人大多以打猎为生，你们明天和我去打一只雄鹿吧。这样也就算是你们今晚在这里住下的感谢吧。”打猎这件事对威尼和索尔来说算不上新鲜事，因为他们之前在猎人那里看过如何打猎，连怎么宰杀雄鹿都知道。威尼和索尔答应了下来。威尼不自觉地看了一眼坐在一旁的卡莎，她有着茶黑色的头发，小麦色的脸上长了几点雀斑。卡莎并不是第一眼看上去就很吸引人的女孩，但当你多看几眼，会发现她闪烁的眼睛上有着长长的睫毛，看起来就像是一位出逃在外的公主。卡莎很热情，帮威尼和索尔都切了一大块芝士和一块鹿肉，因为这是她长这么大第一次看见从遥远的地方来到这里的人。索尔也从背袋中拿出一瓶葡萄酒。就这样，几个人吃着肉，喝起了酒。

第二天早晨，威尼和索尔便跟着埃里克一起去村落附近的一片针叶树林里，这里有许多猎物，比如野猪、野兔、野鹿等，有时还会遇见一些野狼或熊。如果能猎到野狼或熊，它们的皮很值钱，但前提是不要被它们吃掉。村落里的村民大多靠着这片林子生活。他们走进林子里，威尼就迫不及待地开始打猎了。对于第一次打猎的威尼来说，他选择用弓作为武器，腰间依然挂着他的巨剑，这样他能更好地保护大家的安全。埃里克说："带上这两种武器，弓是为了可以狩猎远处的猎物，而贴身的剑和刀，是为了在猛兽近身时，可以自我防卫。在林中要谨慎。"埃里克说完这些，就已经盯上了一头野鹿的踪迹。威尼看着有了目标的埃里克，问道："狩猎时怎么看猎物在哪个方向，或者说怎么发现猎物的踪迹？""你可以看地上是否有猎物的脚印，如果你细心点的话，还可以发现猎物穿过草丛时留下的行踪。" 埃里克也很有耐心地教起威尼，"嗯……例如被踩断的一些枝叶，或是被踩蔫了的小草。这些都有可能是猎物经过的足迹。"威尼看埃里克这么细心地讲解，也很认真地在学习这些狩猎技巧，想着如果学好的话，以后在路途中也可以抓几只猎物，作为干粮补给。埃里克跟着刚刚发现的踪迹走了一段路，果然在一堆干草后发现一只野鹿。这让第一次参与捕猎的威尼和索尔更加激动。自己的理论得到了实践性的验证，这让埃里克也有了一个捕猎的权威。他们三人悄悄地向猎物移动，野鹿似乎发现了危险的信号，原本低着头啃食小树根的它警惕地抬起了头。三人见野鹿抬起头，也就停止了向前移动的步伐，压低着身子，生怕连呼吸的声音都会给野鹿听到。野鹿瞅了瞅，见四下无人，便继续啃食起小树根。埃里克轻轻地拉开了弓，将箭头对准了野鹿，三人屏住着呼吸。随着埃里克一箭射出，野鹿发出一阵哀嚎，倒地不起，三人这才放松地站了起来。埃里克说道：“很不错，今天的狩猎有了收获，算是我们三个人的功劳。胜利成果你们也有份。”这意思是说可以回家了，而威尼和索尔在埃里克家住的感谢也就算是有了。“来，帮我把这只鹿绑好，然后拖回家吧。”埃里克说。威尼却觉得此次狩猎没有什么参与感，更不要说成就感了，只是看着埃里克捕猎而已。索尔没有威尼想得那么多，高兴地用他的魔法藤蔓，帮着埃里克将野鹿绑了起来，在并猎物下面垫着一块可以用来拉动猎物的大树皮。

威尼在一旁没什么事，便在附近溜达了起来。他走着走着，忽然看见脚下似乎有猎物路过的踪迹，在一棵大树的树干上有着很深的抓痕。他走近树干，仔细地观察起了被猎物抓过的树干。这时，一阵低沉的吼声渐渐地逼近。威尼转头一看，心一跳，这哪里是猎物，分明自己才是猎物。一头大灰熊就在自己身后不远处。威尼赶紧拿出别在腰间的剑，与大灰熊对峙了起来。威尼不敢大喊，怕激怒了大灰熊，开始慢慢地向后退。可是威尼每退一步，大灰熊便跟上一步。在大灰熊看来，威尼似乎是跑不了了，它将他当成了自己的盘中餐。此时威尼心想：我的天呐，自己是出来捕猎的，没想到会变成猎物，天啊，谁来救救我。他看样子是逃不了了，大灰熊已经发现威尼底气不足，开始大胆地逼近。威尼心想：既然跑不掉了，那唯有一搏。威尼双手握紧巨剑，摆出战斗的姿势。大灰熊这时冲向威尼，用巨大的熊掌拍向威尼，威尼举起剑阻挡，巨大的拍击力量将威尼震飞出去。“可恶，我是被吓傻了吗？居然不躲开还硬抗着伤害。”威尼说着，拎起巨剑缓缓地站了起来，拍了拍身上的尘土。大灰熊看威尼还站了起来，开始发动第二次攻击。威尼这次算是被打醒了。大灰熊想再次拍击威尼，一掌挥下，威尼躲过，但这时大灰熊的另一个掌也没有闲着，一个反拍，还是将威尼拍倒在地，紧接着扑向倒在地上的威尼，想给他致命一击。威尼见状，赶忙把巨剑竖起，飞扑过来的大灰熊正正地被刺中下颚，锋利的巨剑从大灰熊的口穿过头部，顿时鲜血如泉水般喷涌出来。大灰熊重重地压在威尼的身上。听到打斗的动静，埃里克和索尔赶紧跑过来，看着沾满血的威尼，以为熊与他都命丧于此。他们费力地翻开大灰熊的尸体，发现喘着大气的威尼，这才松了一口气。埃里克对威尼刮目相看。对埃里克而言，大灰熊可不是随便就能够击杀的，有着这么多年的捕猎经验的他也没捕过几头，而威尼在狩猎的第一天就可以一个人猎杀。索尔这下子对威尼甚是崇拜，一路都在夸赞着威尼。回去的路上，威尼心想：还好今天幸运，不然就真的成了大灰熊的盘中餐。他们三人拖着一头大灰熊和一只野鹿回了村。一下子便迎来了村民们的围观，因为在村里可以捕杀到大灰熊的人少之又少。埃里克将大灰熊的皮取了下来，让卡莎为其缝补，缝制成一件可以保暖的外衣，然后再给威尼，因为这属于威尼的战利品。威尼看着自己猎杀的大灰熊，心中也有了成就感。他打开了大灰熊的嘴巴，用小刀撬出一颗熊牙，然后冲洗干净。“美丽的女士，请允许我将它赠予你，来表达我对你的感谢。”威尼很庄严地对着卡莎小姐说道。一旁的索尔看见后，扑哧地笑出了声：“你是在名誉小镇时跟着服务生学傻了吗？”浪漫的气氛就这样被打破了。威尼冲向大笑的索尔，索尔则赶忙跑向门外，他们俩开始打闹了起来。门外下着大雪，他们打起雪仗。卡莎看他们玩得如此开心，也渐渐不拘束了，加入他们，一起打雪仗。三人的嬉笑声回荡在院子里。到了吃晚餐的时间，卡莎问道：“你们为什么会想要来这么远的地方呢？我好好奇呀。”威尼提起腔调，回答道：“为了心中的骑士梦，想要走遍塔亚大陆，在冒险的过程中学习骑士精神。”“那你们不怕危险吗？”卡莎问道。“不怕，我相信我会被好运眷顾的，而每次决斗我都代表着正义。老天一定会保佑着我。”威尼很得意地回答。卡莎拿起手里的兽皮缝缝补补了几针，然后又说：“你们接下来会去往哪里呢？”威尼拿起剑，然后看向窗外，说：“利亚家族的领地。”因为卡莎缝制衣服需要一些时间，所以威尼和索尔只能放慢前进的步伐。他们需要那些兽皮衣服御寒，只能再继续住上几天。这两只猎物也够他们四人吃上一段时间。威尼也打算趁着这个时间，好好地提高一下自己的剑术，让自己变得更加强大起来。有高超的剑术，加上骑士精神和血脉，这样的他以后一定会有一番大作为。索尔见威尼有着这样的规划，也开始研究起枯树林里老巫师送他的那本魔法书，立志要变成一个强大的法师，以后可以好好地追随威尼。埃里克有时带着威尼和索尔外出打猎，卡莎则在家里准备晚餐等他们归来，用空闲的时间制作鹿肉干。这样的日子，让埃里克、卡莎、威尼和索尔都感到有一种不一样的快乐，像是一家人一样过着平凡朴素的生活。当然了，威尼和索尔两人的衣服缝制完成之时，这样的日子再美好，他们也得做一个告别。这两件衣服在他们去到在最北方的利亚领地时，可以尽量帮助他们抵御那里的严寒。威尼和索尔两人收下了卡莎亲手缝制的衣服，带上鹿肉干，告别了埃里克一家，继续向北方前进……

随着他们越往北走，温度越来越低，冬天的雪也越下越大。两个人，两匹马，在白茫茫的平原上格外显眼。此时，几个熟悉的身影出现在他们眼前。威尼定睛一看，是三个塔克家族的人，塔克家族的外貌和其他家族的人的外貌有很大区别，所以威尼对他们的特征很是清楚，况且在塔克领地和枯树林的经历让他永生难忘。“塔克人？”索尔惊讶地说道，“他们不是被外围的枯树林禁锢住了吗？为什么会出现在这儿，难道……”如果塔克人会来到这里的话，说明他们可以走出外围的枯树林，而枯树林是被老巫师诅咒过的——只要老巫师不死，塔克家族的人就永远走不出枯树林。所以现在只能说，老巫师可能已经离开了人世。威尼早已明白这些，握紧剑，警惕了起来。三个塔克人果然看见威尼和索尔，还有这两匹马，便相互达成了共识，打算杀了威尼和索尔，然后抢他们的马，夺威尼的剑。这三人手持简陋的武器，向他们走来。威尼提醒道："小心点，他们可不是什么善良的人。"威尼骑着马走在索尔的前面，索尔谨慎地跟在后面。正当他们擦肩而过时，其中一个塔克人一把将索尔拉下马，一棍子打下去。威尼调转马头，拿着剑与塔克人展开搏斗。他喊道："卑鄙的小人，偷袭可不是一件光荣的事，况且你们还比我们人多。看我威尼骑士如何制裁你们。"胜利者不用说，自然是威尼了。威尼扶起刚刚被偷袭了的索尔，帮他拍了拍身上的雪，笑道："我的天哪，我刚刚不是让你警惕了吗，你怎么还会被偷袭成功呢？下次他们要是直接拿剑刺你的话，那你可以与天使幽会了。"索尔很是不爽地说道："别让我下次再遇见这些人，遇见了，我定将他们绑起来，挂在树上让秃鹫来伺候他们。"说到秃鹫，这可是威尼和索尔的噩梦，如果被它们盯上了，那么可以说是离死亡不远了。其中一个塔克人奄奄一息地说道："你们杀了我们没关系，但是你们绝对杀不完我们整个塔克族。他们现在已经要走出枯树林了，将对塔亚大陆进行大洗劫……"还没等他说完，威尼便一剑打晕了他。"还说个没完。"索尔则有种不好的预感，觉得这样一个族群的人，如果越过乌尼亚斯山脉的话，后果不堪设想。"但愿没什么事情吧。"索尔小声嘀咕着。

他们进入了利亚领地，这里的人为了扛过寒冬，都穿着用野兽的皮制成的衣服。他们看起来并不那么凶恶，一些贵族也都相对朴素，感觉每个人都很谦卑和内向，不像其他生活在平原的贵族，一个个那么傲慢和张扬。街道上的店铺大多是贩卖兽皮，或者由野兽的犄角或牙齿制作而成的饰品。他们在这儿也会遇见一些来购买这些货物的南方人，他们会返回南部平原去买售卖这些货物。这些兽皮在本地并不昂贵，但是到了南方一些地区，就会被卖得很昂贵，算是奢侈品，一般都是贵族才可能拥有的东西。很显然威尼和索尔来到这里也算得上是有钱人，像来此地旅游一样。他们都身穿兽皮，还骑着马，腰间别着剑，兜里还有金币，看起来算妥妥的土豪，算得上是平民中的有钱人。索尔有些财大气粗，看见什么好玩的饰品，都想买；有好吃的烤肉串，也想买几串吃吃。如果这要是在塔克家族领地中有此等派头，那恐怕会引起暴动。在利亚家族领地上，街上没几个卫兵，有的话，可能就是进入领地时的那两三个，可能这里的治安还是不错的。

威尼和索尔便像往常一样找了个旅馆住起来，因为他们身上有金币，所以找了个看起来高级点的旅馆。一进门，他们却感觉很冷清，旅馆里没有什么服务生。他们来到吧台，问道："你好，打扰一下，这儿有上等的房间吗？"吧台的服务生说道："先生，实在不好意思，我们这儿没有划分上等房或下等房，所有房间都一样。"说完，服务生用奇怪的眼神打量着威尼和索尔。此时两人很纳闷，威尼说道：“你们这儿没有贵族吗？他们可以和平民住一样的地方吗？”服务生微笑着说道：“两位先生，一看你们就是外地人吧。我们这儿的旅店，房间都是一样的，如果贵族觉得住不惯的话，那么可以选择回家住。但在这儿基本都是这个惯例，贵族们也不会因为自己是贵族而觉得自己不一样。”“原来是这样。”威尼顿时觉得很不可思议，这是一件很新奇的事情，“不过，首先，我不是先生，我是一个骑士，请给我开一个房间吧，然后帮我把门外的两匹马拉进马棚，别忘了今晚帮我们喂一下草。感谢了。”威尼说完，放下金币，正要离开吧台，此时服务生说道：“不好意思，先生，哦，是骑士，这里不帮人喂马，没有这个服务，请你们自己把马拉进马棚，自己喂马。”威尼很是无奈，但服务生这么说了，也没有什么办法，只能自己乖乖动手。他很是疑惑地自言自语：“这是什么样的一片大陆？各地都有着不一样的规矩，有的地方把这些名誉、爵位看得如此重要，有的地方觉得它们一文不值。”他们把住店的准备事情做完，便来到了一个餐馆。这个餐馆也是一样没有什么服务生，显得有点冷清。他们来到吧台点菜。“你好，来一份方糕，帮我切成两块，然后两块烤牛肉，再来一瓶这儿的好酒。”威尼说道。“好的，先生，一共是四个金币，然后你们自己找个座位，等会儿自己在那边的窗口拿餐。”服务生说。“还挺便宜的，哦，我不是先生，我是一个骑士。”威尼严肃地说道。威尼和索尔环顾四周，找了一个空位坐了下来。此时一个身影吸引了威尼的注意。他身穿貂皮，脖子上挂着一串用不同兽牙串成的项链，腰间别着一把弯刀。这个男人看起来颇为成熟的样子，他的桌上有一杯葡萄酒、一盘鹿肉，他一个人安安静静地坐在那儿吃着。威尼想和这个人聊聊天，顺便打探一下这个地方有什么规矩，或者了解一下这里的历史。威尼拿起一杯酒，站到了这个男人的对面："你好，先生，我是威尼骑士，介意我坐在这儿吗？"那个男人抬头看了威尼一眼，说道："请便。"他说完便继续吃着桌上的鹿肉。威尼感到一丝尴尬，似乎说错了什么话一样。威尼喝了一口酒，说道："这里有什么规矩吗？例如不能说什么话等等。"男人看出了他不是利亚领地的人，说道："你好，我是利亚。在我们这儿是不会把这些爵位和封号挂在嘴边做自我介绍的。别人会看不起这种行为的……我看你也不像是一个骑士吧。我记得南方的骑士一般都会穿盔甲，盔甲上还会刻有图案的吧。"威尼瞬间脸红得跟个苹果一样，恨不得找个地方挖个洞钻进去。本来威尼觉得这是个简单的自我介绍，却说得这么丢人。这是他第一次感到羞愧。"确实，我现在还不是一个骑士，但是我有着骑士的精神，它让我每次战斗都可以取得胜利。而且我都是代表着正义。"利亚说道："等你成为正直的骑士时，你便会发现你现在想的是很幼稚的理论。"他说完便起身走出门外。威尼愣了一下，不服地说："你别走啊，我要和你决斗，我要证明我的理论是对的。我可以战死，但你绝对不可以侮辱我的骑士精神。”利亚可能走远了，没听到威尼说的话。服务生这时端着牛肉走了过来，说道：“你这肉都放多久了，还不来拿，影响到后面的出菜了。你知道他是谁吗？他管理着我们整个利亚，是利亚家族的族长。看到脖子上那一圈的兽牙了吗？那都是他捕杀的野兽的牙齿。你和他决斗，我劝你还是算了吧。”威尼大为震惊，一个族长为什么身边没有卫兵，在介绍自我的时候也没有说自己是族长？这让在南方长大且一直以名誉为重的威尼十分不明白。“唉，实在是不明白啊，这儿的贵族，拥有爵位的人反倒羞耻啦？”威尼一边喝着酒，一边问索尔。索尔当然也是搞不懂这里的规矩，但他看着这么郁闷的威尼，说道：“我想，这可能是他们的另一种炫耀的方式吧，哪有人有了爵位和名誉，会认为是耻辱呢？那这里的平民岂不是拥有最大的权利了？”他安慰威尼：“没事没事，即使你现在不是真正的骑士，但你回到咱们莉娜家族，回到莉娜家族的农庄时，你肯定是一个骑士，而且你现在已经是一个准骑士。我也会永远追随着你的。”听了索尔这一番安慰，威尼舒服了许多，决定在这儿时就入乡随俗，不要老把骑士、侯爵这些挂在嘴边说个不停。“索尔先生，你现在一定要帮忙监督我，不许让我再这样以骑士为名，绽放这种优越感。现在不是骑士的我就已经这样骄傲了，我怕自己以后如果成为真正的骑士，那我岂不是要飞上天了。”威尼很严肃地说道。索尔听了这些话，强忍着即将笑出的声音和露出的表情，因为在他看来，威尼说这些话显得很滑稽。这个不是他所认识的威尼。从小到大，威尼是骄傲的，自信的，才不会因为这几句话就改变自己的想法，但是他既然这么说了，索尔也只好答应威尼。他们相互搀扶着，醉醺醺地走在路上。“我们去哪儿啊？”威尼说。索尔说：“不知道呀，你是指引方向的，我听你的就是了。”“那我们去捕猎吧，刚刚那个服务生说了，他们族长可以捕杀很多的野兽呢。别忘了，我也可以，我捕杀了一头大灰熊呢，只是当时没把那个牙齿弄成一个装饰品罢了。我把它送给卡莎小姐了。我觉得我也可以杀很多的野兽。”威尼已经开始胡话连篇地说了起来。

两人还真的走进一片有野兽出没的林子里。这时威尼发现了雪地上有着人的脚印，还有熊掌的脚印。两款脚印混合在一起，像是刚留下不久，痕迹还很明显。他们沿着脚印的方向望去，并一路跟上。突然，他们听见一阵吼声，瞬间酒醒了。威尼知道这是大灰熊的声音：“这附近肯定有大灰熊，这声音我听过，而且我对这声音印象很深刻。”他们继续循着声音跟上去。不一会儿，在他们眼前果然出现了一头大灰熊，除了大灰熊，还有刚刚遇见的那位族长——利亚。利亚的弯刀已经被击飞到一旁，他手上拿的是一把小刀。一熊一人周旋了起来，看样子是搏斗过一阵子。威尼也顾不上其他，拎起巨剑就冲了上去。大灰熊看着冲出的威尼，便改变目标，向他扑了上去。威尼想用上次的方法杀死大灰熊，但大灰熊扑过来后没有对他进行撕咬，而是用熊掌快速地向威尼拍去。这一预判的失误的结果，是威尼的剑被拍飞到很远的地方。利亚此时也没有闲着，拿着小刀一个翻滚，便到了靠近大灰熊腹部的位置，一刀刺进大灰熊的心脏。大灰熊嗷嗷地大叫了起来，跑掉了。“快追啊，这是猎杀一头熊呢！”威尼说道。“不用了，他活不了，跟着血迹走就行了。”利亚很自然、从容地说。“你还挺勇敢的啊，面对大灰熊还敢冲上来。”利亚接着说。“那当然，我可是捕杀过大灰熊的。”威尼自豪地说。“嗯，这倒是有几分骑士的勇敢精神，不过还是不太像一个骑士该有的风范。”利亚说道。威尼这时又开始进入一个自我审视的困境中，然后一直追着利亚问什么才是一个骑士该有的风范。利亚没有回答他的问题，只是一路跟着血迹找逃跑的大灰熊。当他们再次看见大灰熊时，它已经奄奄一息了。利亚说了几句审判的言辞，便拿起刀终结了这头大灰熊。“你们帮我个忙，帮我把它抬回城堡吧。”利亚说道。原本威尼一路都是叽里呱啦地说个不停，这时他看利亚还是不说，也没有办法。“看来，我只能自己悟了。”威尼说完，自己在附近找来一块树皮，让索尔用藤蔓制作一个雪橇。索尔现在使出魔法已是非常自然且熟练，很快就把这个东西做好了，他已经是一个不错的法师，而且经常使用着魔法藤蔓。三人合力将大灰熊推上了雪橇，然后拖着雪橇回了城堡。

他们来到利亚的城堡，整个城堡看起来也不算很大，但比起莉娜家族农庄里的城堡还是要大得多，可是和亨利家族的城堡比，就显得小了一点。城堡内没有很华丽的装饰品，也没有造价很昂贵的餐具或奢华的内设。威尼好奇地说道：“尊敬的利亚族长，你这城堡未免也显得有些普通了。我也算参观过几个城堡，你这个看起来有点普通呀。”他们来到议会大厅，这里也是很普通，都是用石头砌成的桌子和椅子。“连议会大厅都如此简单朴素呀。”索尔接着说。利亚坐在一张椅子上，倒了一杯水，慢慢地喝了起来。他开始讲述：“以前我们的祖先也是在中部平原上居住，也算是大族群。但是我们的祖先大多都是以谦卑为祖训，不喜欢争斗，后来别的家族的人慢慢地侵略我们的领地，我们为了躲避那些战争，便来到了最北边。这里是严寒地带，其他家族的人也不喜欢来这个地方。所以我们便在这里安逸地生活着。贵族也好，骑士也罢，我们都和民众一样，只是贵族需要帮忙管理和建设整一个利亚领地而已。所以在平民看来，当贵族的这些人是为平民服务的，所以在这里，平民和贵族、骑士的地位是一样的。然而这个城堡的建立也不是为了享乐，只是为了单纯有一个地方可以开会和举行聚会，所以我们并不会搞得奢华。”威尼听完整一个故事，幡然醒悟。他明白了利亚一开始说自己的理论的问题所在。他理解了：如果他成为一个骑士是为了满足自身的虚荣心的话，那即使自己有了骑士封号，他也不是一个合格的骑士。那这样的话，一个骑士应该还要具备谦卑的品质，以及勇于保护弱者的担当，这才应该是骑士精神。

第十二章

※

威尼一直在思考着他心中的骑士精神究竟是什么样子的，在利亚的一番讲述后，他的思想有了很大的改变。正当他们三人在议会大厅里聊天时，一个卫兵匆匆忙忙地跑进议会大厅，说道："利亚族长，在利亚领地边界处发现有一队外族人，他们手上都持有武器，衣着都破烂不堪，感觉不像是来交易的商人。"利亚冷静地说道："派出卫兵，全领地的人都警惕起来，避免受到伤害。我现在就去看看。""不会吧，这么快就来了？"威尼说道。"什么意思？难道是你引来的这些人，想要入侵我们的领地？我劝你小心点，现在我就可以对你们进行审判。"利亚生气地说道，随后拔出弯刀指向了威尼和索尔。"不是，不是，你误会我们了。事情是这样的，如果我猜得没错的话，这一队人是塔克人。他们来自七大贵族之一的塔克家族，之前被圈禁在了塔克领地中出不来，变得肮脏与邪恶，现在应该是跑出了圈禁他们的枯树林。我们来的时候就已经遇见了三个朝利亚领地走来的塔克人，还向我们发起了攻击，不过被我打败了，其中一个说过，他们塔克一族将要大肆侵略塔亚大陆。"威尼说道。"那这可能又会出现一场大规模的战争了。"利亚叹了口气说道，“塔克家族以前就是一个大族群，人口众多。他们生性也都是自私、贪婪、邪恶的。以前的战争也大多数是由他们引起的。后来是威尼家族的威尼一世带领黄金骑士团战胜了塔克家族，将其赶至乌尼亚斯山脉以西，不允许塔克家族的人越过乌尼亚斯山脉，才使得这中部的大平原得到短暂的和平。”“等等，你是威尼家族的人吗？”利亚连忙问道。“不不不，不是，我是莉娜家族的人。我俩都是来自莉娜家族的农庄。”威尼回答。“不可能，只有威尼家族的人才会取名为威尼。”利亚追问道。“不知道呀，我的姨母，也就是莉娜小姐，他只和我说过我父亲是一位骑士。”威尼解释。“原来如此，那你父亲可能是威尼家族的人，这么说来就不奇怪了。”利亚说。威尼看着外面说：“现在不也挺和平的吗？没怎么看到有家族之间的战争。”“现在还是存在着一些局部的战争的。现在的威尼家族是由威尼一世的弟弟扎克统领，他性格残暴，一直对外扩张打战，只是没有涉及利亚领地罢了。”利亚说。三人边走边说，直到他们来到了利亚领地的边界才停下。看着这来势汹汹的一队塔克人，利亚感觉到接下来会是一场厮杀了。他下令所有卫兵团和骑士团做好战斗的准备。

此时威尼也进入警戒状态，索尔则牵来了威尼的战马。威尼骑上马，跟着骑士团列成一排。“接着！”利亚丢给了威尼一杆长枪。“送你一杆枪，搭配这个，冲锋陷阵，这才是骑士。”利亚说。威尼一听见“骑士”二字，顿时昂首挺胸，一下子透出正义的神态。一个卫兵大声喊道：“请你们放下武器，或者派一个人过来说明来意。”卫兵已经发出后果警告了，但塔克人越走越快，丝毫没有停下的意思。随着利亚一声令下，骑士团率先发起冲锋，威尼在最中间。骑士团形成一个犄角形，向塔克人冲了过去。一波攻击过后，大家集体调转马头，再次发起冲锋。这一队塔克人此时已经伤亡过半了，接着卫兵团开始进攻，收拾残局。这是一场毫无悬念的战斗，因为塔克家族来的人数不多，武器也破烂，没有任何防御性工具。虽然这次战斗取得了胜利，但是利亚显得有些忧心忡忡，觉得利亚领地地处北边，塔克人都可以来到这里，说明现在的中部平原地区可能已经进入战争之中了。他看了一眼威尼，见他还沉浸在这一次战斗胜利的喜悦中。“呜呼，这样的骑士团也太威武了吧，骑着马在战场上冲锋，无人可以抵挡我。”威尼很是开心地说道。“我刚刚怎么样？是不是特别威武？”威尼问索尔。“是是是，很威武！简直就是骑士，而且是骑士团中的那个将军。”索尔说道。

利亚则赶紧回到了城堡，召集了议会，所有利亚家族的长老、贵族人士、公民都必须到议会大厅参加会议。这次会议允许威尼和索尔参加。利亚率先提出这次会议的内容：如果面临像以前的战争状态，利亚家族是否要参与到战争中，还是固守领地。其中一位年迈的长老说道：“我觉得我们应该固守领地，不去参与这些战斗。我们不可以违背祖训，当以谦卑为核心。多年来，我们家族所有人都是遵循着这个原则。”一个骑士说：“我反对长老说的这些话。塔克人已经来到这么北的地方了，如果他们的大军压境怎么办，我们又继续往北走吗？现在我们所处的这个地方，其严寒的环境已经是我们能承受的极限了。每年寒冬来临，我们都可能会被冻死。再北的地方我们是绝对生存不了的。谦卑虽然是我们的祖训，但是过于谦卑和忍让便是懦弱。我们利亚家族就是过于忍让，才会被赶到这个地方。”骑士很激动。威尼在一旁看着这个骑士的发言，暗自想道：这个骑士看来是忍了很久了，说得如此之激动；从中部平原被赶到这北边，要是我是骑士，我定会抗争到底的，我心中的骑士精神是绝对不允许我后退的，只可以战死，像我的父亲一样。议会最终以投票的方式决定最终的决策，最后的结果是坚守利亚领地，不参与中部平原的战争，同时寻找其他适合生存的地方作为领地的备选。避免卷入战争——利亚最终宣布了议会的结果。威尼对这一结果表示很不解，明明已经被欺负到家门口了，还继续逃避。不去解决这一场争斗的话，最终塔克人强大起来，还是会侵略到这儿的。这是威尼第一次对中部平原有一个大概的了解，对目前到达过的、见过的，这些家族之间存在的矛盾有了认识。“那我们怎么办，现在我们要离开这里，还是继续留在这里呢？”索尔疑惑地问。威尼想了一下：“那我们就先继续着这里待上一段时间吧。先学习一些捕猎的技巧，这样对我以后在决斗时也会有很大的帮助，就当作是在积累经验吧。反正现在按照之前规划的路程，我们已经走了大半，现在也……应该是来到了塔亚大陆的最北边，剩下的路程就只有往回走，最后去威尼家族和约翰家族。然后这段时间我们再看看还有没有塔克人出现，如果还有的话，我们就返回中部平原，去实现骑士梦，征战疆场，为正义而战。”

同一时间，另一边，塔克家族的人已经慢慢越过乌尼亚斯山脉，因为他们派出去的人打探到，现在的威尼家族已经不是以前那个强大的威尼家族了，威尼一世也早已不在，由扎克统领的黄金骑士团也已经失去之前的荣光了。塔克家族的族长下令：“所有能战斗的塔克人都越过乌尼亚斯山脉，无论男女老少，只要越过去，到了中部平原地区抢到什么，都属于你。到了那里，第一个占领城堡的人，城堡就是你的，同时也会得到爵位或封号。还有，给我抓住威尼和索尔这两个人，也可以得到封赏。”此号令一出，塔克领地的人纷纷越过乌尼亚斯山脉。威尼和索尔这两个人现在可是成了塔克一族的大仇人了。决斗击败了他的勇士，带领他们的人走进枯树林，继而被困，现在还杀了他们塔克家族派出的侦察队。

威尼此时还不知道塔克家族已经如此疯狂地发起战争，他们还在利亚领地的一间餐馆里大口地吃着牛肉，享用美味的葡萄酒呢。索尔说：“我刚刚翻阅魔法书时，发现了一种很有用的材料，是长在北极雪山山顶上的一种植物。书上记载着，这种植物可以研制成一种魔法药水。人喝了这种魔法药水，心灵将会被净化。”威尼突然打起了精神：“真有这种好东西？那样的话，以后对付那种顽固不化的邪恶的人，不就简单多了，直接给他喝一杯魔法水净化心灵。事不宜迟，我们现在就出发吧。”威尼说。“等等，我还没说完呢。书上记载，北极雪山充满着危险，除了野兽出没之外，传说还有巨龙出现。巨龙喷射出的东西不是火焰而是寒气，被喷到的人立刻会变成冰雕。”索尔一字一句地说着记载的内容。“巨龙？那更好，遇见巨龙的话，要么驯化它成为驯龙骑士，要么斩杀它成为屠龙勇士。作为一个勇敢的骑士，我应该去冒这个险。”威尼说。他一听见这种新奇的事情，肯定会想要去，而且还那么有挑战性。巨龙这种生物，他只在小时候睡觉前，听他的姨母莉娜在故事中提过，大多是为了哄他睡觉。他在出发冒险前，也曾想瞧瞧外面是否真的有这种生物。“好吧，我劝你也不要抱太大的希望，这个毕竟只是传说而已。而且书里没有很明确地描写这种植物长什么样子，也没有描述巨龙长什么样子。”索尔说。“没事没事，冒险之路就是这样，我们要去走过才知道是不是真的有。如果有，那么你也可以记载起来，完善这本书。”威尼说。“那我们要不要把这个消息告诉利亚族长呢？雪山就在利亚领地里。我们私自去，这样去会不会不太好？”索尔说得有些没底气。“我觉得不用。我们是去冒险闯荡的，不好告诉他，还有如果遇见巨龙的话，他二话不说就把它砍了怎么办？你没看见他那脖子上挂满的兽牙吗？”威尼说道。他们确定了明天早上的行动，开始准备了起来。为了预防寒冷，他们再买了两件兽皮穿上，带上了登山镐，还有护具，头上蒙着厚厚的棉布以防被冻伤，并准备了充足的粮食。

此次爬的山与之前爬的山不相同。以前他们翻越过的山是有前人走过的山路，路自然会好走一些；现在要翻越的山，是没有几个人会去爬的，不会留下什么已走过的山路。他们来到了雪山脚下，看到了一块石碑，碑上写着：山上危险，禁止上山。威尼和索尔自动忽略了这块石碑的警告。

寒风吹过，夹杂着雪，有时还带着一些冰碎片，若不小心防护，很可能会被这些冰碎片划破脸皮。前半段山路还算比较平缓。“我们越过很多的山脉，这座山我们也一定要征服它。”威尼说道。索尔边走边关注着附近的植物，看到那些不认识的，便会去摘下一点留作样本，并且做好记录。他们一步一个脚印地慢慢向上爬，遇见没有路的地方，便拿出锄头凿出路来。随着海拔越来越高，植物也越来越少，不认识的植物也越来越多。两人来到山腰上的一片空地，这里出现的东西让他们目瞪口呆——很多稀奇古怪的植物。这些植物大多和灌木丛一样高，长得千奇百怪，有的植物叶子像星星的形状，有的像雪花，有的直接就是一个正圆形，有的整一丛植物就像一团海带一样……时不时还看见一些冰雕，冰雕的形状也是各式各样，有的看起像一只巨大的雄鹰，有的像一头大野牛，有的像一条正在翻腾的大海豚，还有的像一座大城堡……威尼不由得怀疑起来："这像是没有人来过的地方吗？这些植物也就罢了，可能是自然生长出来的，但是这些冰雕就有一些奇怪了吧，不像是自然会形成的东西啊。难道是巨龙做出来的吗？这巨龙未免也太有艺术天赋了吧。"索尔则没有理会威尼说的话，在一边研究起了这些植物，一心只想找出那书上记录的那种植物。威尼看索尔不理会他，便在一旁凿了一块冰块，然后在冰块上自由地雕刻了起来。"我也要雕刻出一个好看的冰雕。"威尼说到道。

时间渐渐过去，他们必须在这儿搭建一个住所，休息一晚上，明天再继续向上出发。索尔使用魔法搭建了一个芭蕉叶帐篷，然后捡了一些相对干燥的树枝树干，艰难地升起火堆。威尼拿出食物和水："我可带了好东西。"他说着，便拿起剑，在剑头处插上一块生鹿肉，然后在火堆上烤了起来。威尼另一只手拿出另一个水袋，递给索尔："给你。"索尔接过水袋，喝了一口，惊讶地说："你是来旅行度假的吗？居然还带了葡萄酒！""哈哈哈哈，还行吧，我只是觉得在雪山上也可以吃着烤肉，喝着酒，也是别有一番味道的。以前没办法像现在这样做足准备上山。现在我们条件好了一点，当然要享受这些浪漫时刻啊。"威尼说。忽然，一个奇怪的声音响起，威尼和索尔瞬间警惕了起来。"刚刚你有听见什么声音吗？"索尔紧张地说。威尼赶紧吃了肉块，手紧紧地握着宝剑，做好了战斗的准备。"不会吧，不会吧，难道真的有巨龙吗？等会儿我们两个人就真的成了冰雕睡在这里了。”威尼说。两人紧张兮兮地戒备了一会儿，发现没有什么动静，这才把悬起来的心放了下来。天上原本是有着月亮和星星的，现在突然云层密布了起来。“不会吧，这个情况是要下雪的样子，我们现在还没享受完这些东西呢。”索尔说。威尼蹙起了眉头，说道：“现在如果下雪的话，就不是能不能享受美食的事情，而是我们能不能熬过去的事情了。这是北极山上，严寒的地方要是再下一场雪的话，我们可能会被冻死。”现在他们唯一要做的，是保护这来之不易火堆。火堆灭了的话，那温度就会直线下降。这时寒风吹过，起风了，风越吹越大。火焰开始闪烁了起来，他们盖好的芭蕉叶帐篷也摇摇欲坠了。“不行，我们赶紧收拾东西，跑到别的地方吧。在这空地上，火一灭，我们也就完了。”威尼说道。他们赶紧收拾了东西，一人拿起一火把，向上继续走。他们发现在不远处有一个小山洞，此时下起了雪，火焰也越来越小了。他们决定走去小山洞里躲避一晚。他们走在一条通往山洞的小山路上，山路越来越窄。一开始，这条山路可以两个人并肩而行，然后只能一个人侧着身子走，再来就只能贴着崖壁走，掉下去的话就肯定是粉身碎骨。

两人小心翼翼地走着，最后躲进了山洞里。威尼和索尔赶紧把即将熄灭的火苗重新点燃。“总算是有惊无险，差一点就给冻死了，还好有个山洞可以躲一躲。”威尼说。他们开始观察这个洞的情况，洞穴不是很深，应该是之前有人来凿过，地上有铺开的干草，还有一些烧过的柴火的痕迹。不过现在看来，这里是有一段时间没人来过，烧过的柴火痕迹已经是粉末状的黑炭了。索尔小心地翻开干草堆，看了看，发现草堆下有一张发黄得厉害的纸，上面看起来画着一株植物的样子。“你看，这个会不会就是我们要找的那种植物，上面也没有说它叫什么名字，不然我俩给它起个名字吧。”索尔说。“有可能，那我们就叫它北极灵植吧，它可以净化人的心灵嘛，又是北极雪山上的。”威尼说。“我觉得可以。”索尔小心地将纸收了起来，夹在了魔法书里。现在他们知道了北极灵植的样子，找起来可能会容易一些。外面的雪越下越大，时不时还传来呼呼呼的叫声。每当这个声音传来时，威尼和索尔都会以为是巨龙来了，马上就进入警备状态。

就这样，威尼和索尔熬过了一个寒冷的晚上。第二天，他俩是被清晨的一股寒风吹醒的。他们起来时，火堆已经灭了，大雪过后，周围冷冷清清的。威尼擦拭了一下眼睛，望着远处的山，极目远望皆是厚厚的积雪，像是上天怕大地冷了，给大地盖上的一张被子。正当威尼看着雪景时，一个巨大的生物快速地从他面前闪过。威尼赶紧跑出去看——在他面前出现的，是一只米白色的巨龙，翅膀张开时遮天蔽日。“快来看，快来看，我看见巨龙了，好大一只啊。”威尼喊着跳着。索尔赶紧起身，跑到洞口外，只见巨龙翱翔在空中，飞舞着，没多久便消失在他们的视线里。威尼此时激动得不知道如何是好了。“快走快走，我们去找这只巨龙。我要去驯化他，如果他可以成为我的坐骑的话，那是何等威风啊。”威尼兴奋地说道，一边说还一边简单地收了几件随身物品，催促让索尔一起出发寻找这只巨龙。“我们是来寻找北极灵植的，不是来找巨龙的！而且巨龙很危险，要是出了什么意外怎么办。”索尔说道。“没事没事，两个一起找。”威尼说。现在他什么都听不进去了，一心只想着驯龙这件事情。

他们离开山洞，向上出发，没有路了，就拿起登山镐慢慢地向上爬。他们在快到达山顶的地方时，发现一个很大的洞穴。“这应该就是巨龙的老巢了吧，这么大一个山洞，肯定可以躺下一只巨龙的。”威尼说道。两人小心翼翼地摸进了洞穴，压着声音，踮起脚尖走路，生怕产生什么动静。来到洞穴深处，他们在一个龙坑中发现几片龙鳞，这里有龙鳞，那便肯定是巨龙的窝。这可把威尼和索尔高兴坏了。威尼冲了上去，想要仔细看这些龙鳞的样子，可这时洞口那边传来了声音，是巨龙回来了。威尼和索尔吓得赶紧躲了起来。巨龙回到了龙坑，盘起身体睡了起来。躲在石头后面的威尼和索尔看着巨龙好像是睡下了，才慢慢地走出洞穴。可是他们快走到洞穴口时，巨龙一个喘息喷出的寒气瞬间把威尼结冻成了冰雕。这下子完了，索尔急得像热锅上的蚂蚁，不知所措。他只能一点一点地、轻轻地把变成冰雕的威尼挪到洞口。索尔心想：这下跑不了了，威尼成了冰雕，我不可能把他背下山啊，这可怎么办。他看了看一边的缓坡，有了！他忽然想到雪橇，赶紧在附近找了一块大树皮，然后用魔法藤蔓把变成冰雕的威尼和树皮绑紧，然后自己坐了上去。“赌一把吧，这样子滑下去应该没事，愿好运眷顾着我。”索尔小声嘀咕着，然后用力一推，“雪橇”带着威尼和索尔冲了下去。这个动静可把睡着的巨龙吵醒了。巨龙冲出洞穴，在空中盘旋着，盯着冲下山的威尼和索尔，但是它没有发起攻击。这个下滑速度可把索尔吓得哇哇哇地大叫了起来，整座北极雪山都回荡着他的叫喊声。最后他们撞到了一块凸起的石头，变成冰雕的威尼和索尔都被撞飞了起来，经过一阵翻滚来到了山下。这时好在有两个巡逻的卫兵看见了他们，这才把他们带回了利亚城堡。

索尔很快就醒来，好在有穿护甲，他的伤大多都是一点皮外伤。现在最麻烦的是变成冰雕的威尼，普通的火焰很难快速融化这些冰，需要很长时间，这样的话，威尼可能没被冻死，却已饿死。看来只能寻找有没有什么魔法可以救威尼了。利亚将索尔带到了领地内最大的藏书阁中，还叫上利亚家族中懂得魔法的长老和一些法师，一起看看有什么方法救威尼。索尔仔细翻阅老巫师送的那本魔法书，在里面发现了一些线索，可以解除由冰冻魔法筑起的冰墙。索尔想了想：如果这个药水可以解开冰冻魔法的冰，那巨龙喷出的冰应该也是属于魔法制造出来的，按道理应该也可以解冻。他让人帮忙寻找炼制需要的配料，开始制作魔法药水。此时的威尼只能通过闪烁着眼睛来传递他还活着的信号。利亚则早已吩咐人熬好姜汤，等威尼身上的冰冻魔法一解除，就让他马上喝下。索尔很快就提炼出了解除冰冻魔法的药水，并将药水滴在燃烧的火把上，其火焰瞬间由红色变成了蓝色。利亚拿起火把，小心地融化冻住威尼的冰块。不一会儿，威尼身上的冰便都化成了水。一解冻完，威尼瘫倒在地上，嘴里说道："快快快，给我喝口热汤，冷死我了。"好在威尼身上穿着两件兽皮保暖衣，加上体内的骑士血液，才让他扛了过来，不然换成普通人，可能就被冻死了。

威尼喝过姜汤后缓了过来，可他缓过来后的第一句话是："巨龙，我们再去看巨龙吧，我要去驯服它。""巨龙？什么巨龙？"利亚惊奇地问道。此话一出，周围的人纷纷讨论了起来："难道传说是真的？""不会吧！不会吧！""这我可只有在书上看到过，还有听一些长老说过而已。""我们都没人亲眼见过啊。"威尼说："是的，我们在北极雪山上见到巨龙了。它体形巨大，有翅膀，打开翅膀时，遮天蔽日。"索尔却说："不能再去了，这巨龙只是一个喘息，呼出的寒气瞬间就把你冻成了冰雕。他这还没有发动攻击呢，万一惹怒了它，后果不堪设想。""北极雪山的山脚下不是有石碑吗？那里是禁地，我们的祖训告诫后人不许上山。你们私闯禁地，在我们这里是要受到重罚的，这次看在你们外来人不知道规矩，就算了，但是也不允许你们再次上山。"利亚很严肃地说，然后下令让人严加看管禁地的入口。看样子，威尼的想法泡汤了。但是，这无法阻止他对驯龙的决心。

他们回到旅馆，继续商议了起来。“我们还要继续上山吗？利亚族长刚刚可是下达了法令的，而且还派兵严加看守着禁地的入口。现在再上去，无论是被发现，还是看见巨龙，都是很危险的。”索尔说。“上，当然要上了。驯服巨龙将是一件前无古人、后无来者的事情。”威尼信誓旦旦地说。既然如此，他们准备第二次上山。两人还是准备了上一次出发前的那些物品，但这次加上了一瓶解冻的魔法药水。这天后半夜，他们趁着守卫的卫兵换班的时间，再一次溜上了山。这次他们有了经验，直接第一站就来到此前那个小山洞住了一晚，等到第二天天一亮，就来到了山顶处。

威尼示意索尔，表示自己要先上去看一下。索尔则在一旁辅助他，万一出了什么意外，他再出去将威尼救走。威尼拿起宝剑，悄悄向洞穴口走去。威尼在洞口拿起一块石头朝着洞内扔去，然后先躲在旁边的一块石头后观察。过了一会儿，威尼发现没什么动静。他站了出来，对躲在山崖下的索尔说道：“没什么动静啊，巨龙好像不在家，上来吧。”他话音刚落，突然听见一声咆哮，看到巨龙从洞穴冲出，飞上蓝天，盘旋在空中，盯着威尼。但是巨龙好像没有要攻击威尼的意思，只是悬在空中，直勾勾地盯着他而已。威尼双手紧紧握住剑，手心直冒冷汗，身体也不敢乱动。就这样对峙了一会儿，威尼的身体已经有些僵硬，稍稍挪了一下位置。

这一挪，巨龙就喷出寒气，威尼赶忙躲过，却见寒气所到之处让一切事物都成了冰雕。巨龙见寒气没喷中，就俯冲了下来，一个猛龙摆尾将威尼甩飞到好远的地方。这一甩，让威尼摔得不轻，他已经疼得站不起来了。索尔看着倒地不起的威尼，赶紧使用魔法藤蔓将他绑住，拉了回来。巨龙见他们狼狈的样子，也没有继续发动攻击，而是回洞穴里去。

两人回到山腰的小山洞里，索尔马上拿出治疗药水让威尼喝下，威尼这才开始恢复起来，慢慢地缓解了疼痛。“我还想继续……上去……不过，这次我带上食物，看看巨龙喜不喜欢吃。”威尼捂着伤口，艰难地说道。“得了吧，这只巨龙是肯定驯不了的。它刚刚不吃掉咱们，已经是很幸运的了。要是刚好它肚子饿了，可能我俩就成了它的早餐了。”索尔气呼呼地说。“再试试嘛，我刚刚看巨龙盯着我的眼神没有那么凶猛，还对峙了起来呢，或许他也怕我呢？这说不定。”威尼笑着说道，“就是这一摔有点痛。”有魔法药水的治疗下，第二天威尼的伤势已经好了很多。拿着昨晚烤熟的驴肉，威尼又来到洞穴口。他打开背袋，往洞口里面丢了一块肉。巨龙倒是挺有意思，闻到香味，这回不是飞着出来，而是慢慢地爬了出来，然后一口吃下那块肉。威尼见着，再丢出一块肉，巨龙也吃了起来。一块、两块……很快，巨龙吃完了所有扔向它的肉。一顿饱餐后，巨龙用温和的眼神看向威尼，这次很显然没有那么凶猛了，也没有任何想攻击威尼的意思，就在洞口趴着，目视山下。威尼见状，也学着它，趴下来，看着山下的景色。只是这个季节，在这个地方趴着，着实有些冷。但威尼管不了那么多，为了接近巨龙，能和巨龙待在一起，心甘地在这儿受冻。只是时间久了，威尼也被冻得瑟瑟发抖。就这样，一人一龙待在一起看了一天的景色，雪花飞过，鸟儿飞过，风吹过。一切是多么祥和。夜幕很快降临，威尼也该回山洞了。他回到山洞时，见洞里多了一些植物的叶子。原来在威尼和巨龙看风景的这段时间里，索尔便在附近摘起了草药，寻找北极灵植。威尼提出在山上看看能不能捕捉到什么猎物，两人便在一些草丛中设下一些小陷阱，用来捕捉野兔或野猪。“我觉得我们现在可以在这山洞住上一段时间，让我和巨龙培养培养感情。到时说不定我就可以骑上它，让他带我们遨游塔亚大陆呢。”威尼说。“都行吧，反正我听你的就是了。那我就去找北极灵植。你有事情干，我也得找一些事情做，不然我在一旁看你和巨龙看风景，实在是太无趣了。”索尔说道。随后，索尔拿起魔法书和他今天采摘来的植物作比对。

天空上的星星一眨一眨，威尼躺在干叶子上，望着洞口外天上的星星，突然开始想念她的姨母了。他想起以前自己会和姨母一起在院子里数星星，姨母还会给他讲故事。“等我驯服巨龙，我们就往回走，好不好？我想回莉娜家族的农庄。”威尼对索尔说。听了威尼的话，索尔也望着天上的星星：“唉，被你这么一说，我也挺想念我父亲的。等我回去，他一定为我骄傲的。我现在再也不是那个懦弱的索尔了。”索尔好像在自语，又好像是在回应威尼。威尼听完，突然有些伤心起来，因为他在目前这段游历中学到的东西很杂乱，也没弄清楚自己心中的骑士精神是啥，只能整体喊着、说着自己是一个骑士，但自己却怎么也不像一个合格的骑士。或许，返程后他还会经历一些不一样的事情吧。两人躺着躺着便睡着了。

天亮了，一只飞进山洞的小鸟叫醒了睡熟的威尼和索尔。威尼睁开朦胧的双眼："哦，天亮了，等会儿得去看看昨晚设下的陷阱有没有收获。”他叫醒索尔，一同去查看。"还不错嘛，这儿收获了一头野猪，今天的食物和明天的食物有着落了。”威尼颇为高兴地说，然后两人便抬着野猪回到了山洞里。整理完，烤完肉，威尼拿着烤肉又来看望巨龙。他照着昨天的方式，把烤肉丢进去，引出巨龙。巨龙也仿佛像是约定好了一样，爬了出来，和威尼一起享受着美味的烤肉。巨龙表现出了很开心的样子，威尼则鼓起勇气用手摸了摸巨龙的头，抚摸起来。巨龙也没有攻击他，只是一心地吃着美味的烤肉。吃到一半时，巨龙的尾巴将威尼卷起，放到自己的背上，然后飞向天空。威尼死死地抱住巨龙，他的叫喊声把正在采摘植物的索尔吸引了。索尔望向天空，惊讶地说："成功了？这么快就驯服了？”威尼尝试控制巨龙飞行的方向，想带着巨龙飞到平原，可是巨龙怎么飞都飞不出这座北极雪山。他们飞了几圈后，便回到了山顶。这一趟飞行可真让威尼心惊肉跳，不过想想还是很刺激的。他似乎明白为什么巨龙飞不出北极雪山了，如果说枯树林有魔法圈禁着塔克人，那么巨龙应该也是被什么诅咒魔法圈禁在了北极雪山上。他抚摸着巨龙，说道：“我去找找有什么魔法可以让你飞出雪山。”他继续陪着巨龙看风景，相比昨天，今天他们的距离拉近了很多——昨天威尼与巨龙是隔着一段距离趴在地上的，但因为今天的互动，威尼现在是靠在巨龙的身上。寒风吹过时，巨龙还会用翅膀护住威尼，一人一龙就这样慵懒而和谐地度过了一天。

傍晚回到山洞时，索尔也带了好消息，原来经过这两天的采摘，他终于找到了北极灵植。“那真是太棒了，我跟你说，我今天和巨龙一起在天上翱翔着，好刺激啊！”威尼很是兴奋地说着。“我看见啦，你的叫喊声整个雪山都可以听见了。”索尔说。“不过，这个雪山上像是有什么魔法诅咒的东西在限制着巨龙，它无法飞出这个地方。我今天想控制巨龙飞到平原，可是怎么飞都飞不出去，巨龙只能一直在这座雪山的边界盘旋。”威尼说。“像枯树林的那种圈禁魔法，是一种非常非常高级的魔法，但是没有什么人会，只有一些很厉害的法师才会，这在那个老巫师给的魔法书中是这么记载的。我也想学习，但是像我这样普通的法师是学不会的。”索尔很无奈地说。“这么说的话，我即使驯服了巨龙，也没办法把它带出去啊。”威尼沮丧地说道。“唉，没办法，就只能好好地珍惜在山上的时间了。因为我们也不能在这儿停留那么久。我们带来的食物也都快吃完了，最重要的是，极寒天气到来的话，我们在山洞肯定熬不过去。”索尔说，“我们来时，要找的东西现在也找到了，够我提炼一瓶心灵药水了。”“如此，明天我再陪巨龙最后一天吧，以后有缘再回来看看他。”威尼说。半夜，威尼冒着严寒来到了巨龙的同穴，走进了洞里。巨龙被突然到来的威尼惊醒，瞬间摆出防御的姿势。威尼没有携带巨剑，直接走到龙坑睡了起来。巨龙看着威尼没有什么威胁，也就趴了下来，用鼻子嗅了嗅他，再看了看他。一股寒风吹进洞内，巨龙怕威尼受冻，就用翅膀裹住了他。他们就这样过了一个晚上。第二天，在山洞里的索尔醒来发现威尼不见了，到处呼喊着，来到了巨龙的洞穴口寻找威尼。巨龙发现外面有人，瞬间冲了出去。熟睡的威尼被这个动静一下子惊醒了。巨龙来到洞口，看着陌生的索尔，准备用龙之吐息冻住他。威尼及时赶到，拦住了巨龙，这才避免了意外，不然这会儿就是索尔变成冰雕了。威尼安抚完紧张的巨龙后，和它道别了。巨龙似乎明白了威尼的意思，示意他俩坐到它的背上。威尼和索尔就顺着巨龙的意思，爬上了它的背。准备完毕后，巨龙冲向天空，翱翔了几圈，两人的尖叫声在整个北极雪山上回荡。然后巨龙一个俯冲，来到了山下，放下了惊魂未定的威尼和索尔。“真是刺激啊。”索尔说。两人对视了一眼，很是兴奋。巨龙看了他们一眼，强忍着疼痛，用爪子在自己的尾巴上抠出了一片龙鳞送给威尼。威尼非常惊恐，赶紧拿出剩下的治疗药水，把它洒在了巨龙的尾巴上，巨龙的疼痛感慢慢降了下来。随后它便飞上天空，消失在他们的视野中。

威尼抱着这片龙鳞，来到铁匠铺，花了很多的金币，准备将这片龙鳞打造成自己的盔甲，这样的盔甲防御力肯定十分惊人。铁匠看着这片大鳞片，不知道从何下手，因为他用大斧头也劈不开这鳞片，用火也炼制不了。正当所有人都不知所措时，索尔想到应该用魔法。他用腐蚀药水一点一点地融化鳞片，然后再用这些碎片一点点地打磨出一套盔甲。这盔甲一出来，银光闪闪。索尔再用一些剩下的鳞片为马打造了一套护具。威尼穿上盔甲，骑上马，拿着长枪，看起来非常威武。

他和索尔来到利亚城堡，向利亚道别。“感谢这些天你对我们的照顾，我们现在也应该返程，还有两个家族等着我们去巡游。今天，我们是来向你道别的。这些天，我在你的身上学到了宝贵的东西，那便是身为骑士应具备的品质。我拥有了勇敢、礼仪，还应学习这里的谦卑。等做到了这些，名誉自然而然也就会有了。融合了这些，我才能称得上是骑士吧。或许现在的结论还不是很正确，但我会朝着一个骑士应做到的正确方向去学习。”威尼说。“我很高兴你可以学到这些东西，你能说出这番话，也就说明你在我们这里学习到了利亚家族的谦卑。利亚家族虽说不是很富强的一个家族，但是我们有这样的祖训，我引以为傲。”利亚说道。随后，利亚为他们准备了一些路上用的食物和水，还有一些金币。辞别后，威尼和索尔便向下一个目的地——威尼家族出发。

第十三章

※

威尼和索尔正在向南方进发，路过了上一次在前往利亚家族时的猎户埃里克家。他们想到之前和埃里克、卡莎一起度过的快乐时光，有些怀念。威尼说："我们现在前往南方，返回莉娜家族的农庄，以后也不知道会不会再来到这儿。我们索性就在埃里克这儿住上一晚吧，明天再走。"索尔说："都行，我听你的。"他们牵着马走进了村落，在房屋里的卡莎透过窗户看见穿得银光闪闪的威尼，激动地喊道："爸爸，你看谁来啦，威尼和索尔，他们两个回来啦。"此时的埃里克正在打磨着他捕猎时的刀和箭。埃里克说："来就来了呗，你怎么这么激动呢。""爸爸你快看，威尼，他穿的盔甲银光闪闪，手里还拿着一杆长枪，腰间别着剑呢，就连他的马都有盔甲。好威武啊。"卡莎激动地说，然后赶紧打开门，冲出去迎接威尼和索尔，带他们进屋里。"你们今晚就在这里住下吧，我去准备晚餐。"卡莎说。埃里克和威尼、索尔围坐在餐桌边。"你们现在是准备往南部走了吗？"埃里克问。"是的，我们现在准备返回南部，路过这儿，非常想念你们，便再来打扰你们一晚。"威尼说。"唉，听其他猎户说，现在南部的平原好像很动荡不安，这几天我们也遭到几个其他家族的入侵。现在我们家家户户紧关着门，一个个都在屋里观察着屋外，捕猎时都要几个人结伴而行。”埃里克叹着气说。“其他家族的人？难道是塔克家族吗？这一路下来，我们只遇见塔克人在入侵别人的村落或是领地。”威尼说。“现在这个样子，不知道该怎么办。我已经老了，保护不了卡莎了。要是其他家族的人入侵这里可怎么办。”埃里克无奈地说道。威尼看了看索尔，索尔似乎懂了威尼的意思，然后点了点头。“那这样吧，我们在这里住上一段时间，教一下卡莎剑术，还有基本可以防身的招式，然后我们再返回南部。如果卡莎想跟着我们也可以，只是路途上可能会很危险，要做好冒险的准备。”威尼说。埃里克看向在厨房忙碌的卡莎，然后说：“等一下问问她愿不愿意吧。”很快，卡莎把晚餐准备好了，端上了一大盘鹿肉，然后将火炉点燃，再准备了一些香料，几人由餐桌转向火炉边围坐起来。“最近南部平原的情况听说有些混乱，我们就没有兑换到南部的那些面食、糕点，只能将就一下，吃这些烤肉了。”卡莎说。“明天开始，我教你一些基本防身的剑术吧，这样你遇到危险就可以保护自己。”威尼说。“可以呀，可以呀，上次你们来的时候，我看你耍剑时，早就想让你教教我了。”卡莎兴奋地说道。晚上屋外下着雪，几人围坐着火炉，吃着烤肉，有说有笑，卡莎更是唱起了歌谣。这温馨的场面和南部此时的动乱形成对比，而此时此刻的欢乐，可能就是幸福吧。

同一时间，在威尼家族里，扎克却在维尔城堡的议会大厅中发着脾气。“我对周边的家族还没有打压完，此时塔克人怎么会越过乌尼亚斯山脉呢？这帮人，当年是我和我哥将他们赶到最西边的，这才不到三十年，就又敢再次来犯？明天召开议会商讨接下来的对策吧。”扎克说道。他现在既愤怒又无奈，开始有点后悔当初为什么夺下这个王位。这时的他当了十几年的国王了，这些年也一直在对外发动战争。那时的他没想到其他家族会趁机叛乱。对叛乱，扎克只会用武力的方式去解决。他知道，要想再次统一的话，只要能攻下约翰家族、卡佩家族就行。但是单单一个约翰家族，扎克打了好几年都攻不下来。威尼家族和约翰家族之间隔着一条河流，约翰家族依靠这条河流战斗，这让威尼家族最厉害的黄金骑士团无法直接作战，这是这些年对约翰家族久攻不下的原因。打到后面，扎克也有些疲惫，开始慢慢地整顿起威尼家族的管理，然后又享受自己的晚年生活。但是塔克人的越界让他有些惶恐，现在的扎克已是耄耋之年，再也不像以前年轻的时候那样能在战场上冲锋陷阵，而是退至后方指挥战斗。扎克现在也没有儿子可以继承他的王位，甚至有时还会想念他之前追杀的侄子。他现在也不知道威尼是否还活着。在夺得他哥哥的王位那时，他一直都是心狠手辣的人，可到晚年，他开始怀疑自己当初的所作所为，一些过往回忆不断向他袭来。当扎克孤独地坐在王座上时，他有时会怀念当初和哥哥威尼一世在战场上一起战斗的时候。

回到此时的威尼，他正在教卡莎如何使用剑。由于卡莎的力气比较小，所以使用的剑是比较轻巧的剑，偏细长。她所使用的剑法也就与威尼使用的巨剑剑法不同。细长的剑主要是以灵活性和轻便为核心，进攻方式主要是刺向敌人。威尼很认真地制作了两个稻草人，让卡莎当成攻击目标进行训练。威尼在一边用他的巨剑砍着稻草人，偶尔作为卡莎的陪练对手。在训练之余，威尼时不时和埃里克到林里捕猎。索尔则苦心研究着魔法，研制心灵药水。

一天清晨，卡莎先睡醒，按照平时的安排，给大家准备早餐。可这时她发现门外似乎有什么动静，小心地躲在门后，透过门缝观察着外面。原来，几个塔克人正悄悄地潜进村内，在偷别人挂在门口的鹿肉。这几个塔克人似乎不想闹出很大的动静，因为按照他们以往的风格，他们会像饿狼一样，一进村就要搞得鸡飞狗跳。或许他们人数不是很多，又知道这村落的人都是猎户，便不敢轻举妄动。毕竟现在他们只是一小部分的人先来到了北边的地区，等大批人马来到时，再进攻这些村庄。

卡莎赶紧来到床前叫醒熟睡的威尼和索尔。听见塔克人来犯，威尼和索尔赶紧起床，拿起武器准备战斗。“好像是七个塔克人，我们要不要上去对付他们。”索尔问道。“你确定只有七个人吗？”威尼说道，“那我们就上吧，他们现在人比较少，不然等他们知道这里有村庄然后回去叫更多的人来侵犯，到那时就不好办了。”威尼说完，握紧剑从后门走出，索尔紧跟其后，埃里克则在屋内守着。威尼和索尔等这几个塔克人分散行动后，便逐个击破，因为如果冒昧冲出的话，可能会让自己受伤。其中有两个塔克人悄悄地走进了埃里克的院子，威尼谨慎地跟在他们后头，看准机会，三两下便轻松地解决了他们，然后将这两个塔克人先藏进干草堆里。院外的五个塔克人也偷完了东西，准备撤离村落，这时发现少了两个人，意识到他们可能遇到危险了。领头人说："刚刚有没有人看到他们去哪里了？怎么这节骨眼上出事了，都快走了还到处乱跑。不管了，赶紧走。"说完，这五人便想轻轻地走出村落。此时威尼已经回到屋内，穿好了盔甲，骑上战马，冲出院子，宛如巨龙冲出洞穴一般。五个塔克人见行踪败露，便丢下食物跑了起来。威尼拿着长枪冲向那五个塔克人，一冲便撞飞一个，一枪又挑飞一个。一下子就剩下三个塔克人了，威尼调转马头看向了他们。三人相互对视了一眼，准备战斗。可是他们怎么可能是威尼的对手呢？三个塔克人拿起手中的武器向威尼冲去，其中一个人妄想用手里简陋的斧头砍威尼。他扔出斧头，可是斧头砸在威尼的盔甲上，威尼毫发无伤。这下子，他们更慌了。威尼稳稳地骑着马，开始加速，手中的长枪稳稳地拿着，把枪头对准着塔克人，再一次发起冲击。不一会儿，这三人倒在地上。屋里的卡莎看见了威尼战斗的全过程，眼里投射出崇拜的目光。

闹出了这么大的动静，所有村民纷纷走出来看发生了什么事。“发生了什么事？”“又有其他家族的人来村里了？”“看来南部的战乱可能会蔓延到这儿来。”“我们村要不要迁移呢？”村民开始议论了起来。这时，村里一个年纪较大、威望比较高的人走了出来，说道：“我们这里有十来户人，组成这么个小村落，在这儿也有好几十年了。原本就是从南部那边逃出来的，现在这个地方已经很靠北了，再走就到利亚领地了，不知道他们会不会愿意接受我们。”“是呀是呀，我们现在该何去何从。”村民也都纷纷回应道。趁着商议此事，全村的人都来到埃里克家的院子里开启了会议，最终结论是暂时不搬离这个地方，村落的人轮流进行守夜，一有危险便敲响钟声。威尼本来想提出让他们前往利亚领地居住的，他可以写一封信，由他们带去给利亚族长，应该就可以了。但是村民最终都决定不离开这个生活了这么久的地方。威尼也就不强人所难了。威尼说：“我们也差不多该启程向南部走了，看完最后的两个家族，就回莉娜家族的农庄了。那里应该不会有塔克人吧？万一有的话，我们也应该为家族而战斗。”“让我跟你们走吧！”卡莎说，“即使很危险，我也不怕，我也想到外面看看。”看着卡莎那诚恳的眼睛，威尼答应了她。“路途上会很危险，会很苦的哟，所以我们要做好吃苦的准备。”威尼说。埃里克很担心卡莎，但是他知道，卡莎如果留在这儿的话，也会危险的，跟着威尼到了莉娜家族的农庄，那里会比这里安全多了，况且自己也无法照顾卡莎一辈子——把卡莎托付给眼前这两位英俊又有责任心的小伙子，他也算是放心了。“替我好好照顾着卡莎，拜托你们了。”埃里克擦拭着通红了的双眼。“您放心吧，我们会好好保护卡莎的。”威尼说。

离开了村落，他们开始向新的路线出发。路上三人骑着马，有说有笑地，一路的景色也开始变化了起来。随着渐渐走回南部地区，路上的雪景变成了冬季的落叶景色，他们进入到即使是冬季也不下雪的地方，气温也不像在北部那样子寒冷。走着走着，他们听见了隆隆的流水声，一条河流出现在他们眼前，阻挡了他们前进的步伐。现在他们只能在这河边先安顿一晚了。威尼和索尔开始搭建起营地，现在有了卡莎帮忙生火烤肉，他们也省事了很多。不一会儿工夫，营地搭好了，等烤肉熟了就可以享用了。威尼观望着河对岸，蹲了下来摸了摸河水，发现这水很是冰凉刺骨。“这河流的水应该是由北极雪山那边流过来的，这里的气温虽然也挺冷的，但这里的水不至于如此冰凉刺骨。”威尼说。“先过来吃烤肉，吃完再想怎么渡河吧。”索尔说。“对呀，来吧，给你一块大的。”卡莎紧跟着说。威尼回到篝火边上，暖了暖身子。经过炙烤的肉，渐渐飘出了香味，再撒上从北部带来的香料，瞬间让人的食欲大振。“我们明天顺着下游走吧，看看下游的水冷不冷。而且现在上游的水流还挺汹涌的，下流应该相对会好一些，然后顺着下游的方向出发。”威尼边吃着烤肉边说道。“都行，我还是那样子，听你的。不过如果想要在这儿过河的话也行，我们可以像以前过深谷那样造桥。”索尔说。“算了算了，现在这水流太急，我们到下游过河吧，而且现在卡莎和我们一起，还是以安全为主。”威尼沉稳地说。夜幕很快降临，篝火堆划破了黑夜，卡莎的加入也增加了很多欢声笑语，让寂静的夜多了一些乐趣。他们在这上游的营地度过了一晚。

第二天天一亮，三人便收拾起行装，向下游进发。威尼发现在，上游的水虽然冰凉刺骨，但很干净，下游的水虽然没有那么冰冷，水质却看着十分浑浊。奇怪的是，这里没有发生什么异常现象，没有村民或渔民，也没有发现什么人为的破坏。一路下来，他们到了威尼领地的入口处，这儿有一渡河点。渡河点是连接着威尼领地的，是一个码头模样，有一座房子，附近有很多的船只停靠。威尼和索尔还没有走过这种水路，所以对这些很是新奇，本打算来到下游就准备造桥渡河的，现在他们不用造桥了，可以搭船渡河，这样比较安全一些。威尼走进屋子，屋内坐满船夫。看到有人走进来，这些船夫一下子站了起来，问道：“要渡河吗？”“我送你！”“我比较便宜。”“让我来吧。”一个个争先恐后地抢着，威尼有些被吓到，他还没遇见过如此热情的服务态度。他见过的人，大多服务态度都是以爵位和地位来决定的，要么就是很有个性化的服务态度，而这种热情的服务态度是他第一次遇到。威尼他们便找了个座位坐了下来。威尼心想，也先别着急渡河，先在这儿了解一下情况再渡河也不迟。威尼说道：“先不急着过河，坐下聊聊天。”然后问道："现在的威尼家族，谁是族长？""什么族长？威尼家族以前是七大贵族中最厉害的，后来统一了塔亚大陆，创立为维尔王国，不再称族长，在这儿是称为国王的。"一个船夫说，"你们三个是外地人吧。我们的国王是扎克，他以前实施的是激进的治理方式，不住地打仗，后来才好了点，全境安定下来休养生息。"另一个船夫说道："唉，我们这些船夫可就遭殃了，在和平统一时，商人来往密切，我们才有一些收入来源，现在在战争的影响下，这些商人就不来我们威尼的领地，也就没人渡河了。"威尼听完这些情况，开始觉得待在威尼领地里的人应该都会很难受吧。但是，这是威尼家族，威尼认为或许自己的父亲以前在这里会是一个很受人尊敬的人。因为莉娜小姐之前告诉威尼，说他的父亲是一个伟大的骑士。现在威尼回到自己的出生地，却感觉有一种不好的兆头。自己为什么会在莉娜家族的农庄长大而不是在威尼家族中长大，有没有可能是自己的父亲卷入了什么战争之中战死，自己才会被送到莉娜家族的农庄里养大的？为什么莉娜小姐以前都不肯让自己离开农庄，是为了保护自己不受伤害吗？威尼心中有了一些答案，觉得进入威尼领地后，对其他人一定不能说出自己的名字，不然一定会对自己不利。这时一个船夫问道："你们三人是从哪儿来的，看你们不像是威尼领地的人。"在座的一个老渔民看见了仪表堂堂的威尼，嘀咕道："长相好熟悉啊，感觉好像在哪里见过的样子。"威尼从容地说道："我们来自莉娜家族的农庄，路过此地，想到威尼领地看看，长长见识，看看外面有什么稀奇的东西。”索尔刚想说话，威尼瞥了他一眼，索尔瞬间就明白了他的意思。在一旁的卡莎也没有说什么话，安静地听着威尼与这些船夫和渔民的对话。一番聊天过后，他们准备渡河，船夫也很热情地帮他们牵着马。三个人和三匹马分别搭载两条船渡了河。他们踏入了威尼领地。

威尼领地里的人看起来都十分之热情，他们三人骑着马，在大街上十分显眼，特别是威尼还穿着银闪闪的盔甲。他们还是先找一家客店住了下来。客店的老板见着有客人来，也很是热情。“有客人来了，赶紧安排一下。”老板说道。此时两个服务生赶紧跑了出来，一个将他们的马牵到马棚里，一个则引路，带他们到空座上，并问道：“尊敬的骑士你好，你们几位想先吃些什么吗？”“这里有什么比较好吃的就上吧，我们初到此地，也不知道有什么好吃的。”威尼说。“好嘞，我们这儿的牛肉，还有芝士糕都是相当不错的。几位既然是外地来的，那么在本店的消费全部都会有优惠，这是我们老板交代的。我这就去给你们安排食物，请稍等一下。”服务生说完就匆匆地跑进厨房。威尼和索尔讨论着：“这里还挺有意思的，服务态度很热情呀。”“什么意思，客店都是不一样的吗？”卡莎一脸迷惑地问道。“对啊对啊，以前我们遇见的客店都千奇百怪。什么样子的服务态度都有。有的需要看你的爵位和封号来决定对你的服务态度，有的则是非常冷漠，什么都要自己干，没有任何服务可言。”索尔说。此时老板端着酒走了过来，说：“一看你们就是外地来的，我们威尼领地的人都是很热情的，特别是对待外来的人，会更加照顾。过些天就到‘诞生日’了，全领地的人都会进入狂欢呢！”“诞生日？这是什么节日？”威尼问。“这个诞生日，就是以前有一个王子诞生了，然后旧国王为了庆祝呢，就把那一天定为‘诞生日’了。每年全国在这一天都将进入狂欢，所有人都不用劳作。无论贵族还是平民，都会欢聚一堂，穿着花花绿绿的衣裳，出门载歌载舞。生活在城外海边的渔夫、森林中的猎人，也都会往城里汇集，等待着那天晚上的狂欢。你们正好赶上了。”老板很开心地说着，然后又很奇怪地感叹，“唉……”“那现在那位王子应该也长大成人了吧，就是继承皇位的那个扎克吗？”威尼问道。“这倒没有，王子诞生没多久，国王就病逝了，扎克是国王的弟弟，后来继承了维尔王国的王位。听说王子是夭折了，也有人说他流落在其他地方，从此没有了消息。”老板说道，“唉，这些都是一些故事。但是扎克国王继承王位后，也没有废除这个节日，也就一直延续了下来。”他们正说着，美食就上了桌。威尼一行也就没有再聊下去，毕竟美食当前，还是先享用起来。

酒足饭饱后，威尼和索尔商量了一下，决定先到集市找间裁缝店，给每个人换一套衣裳。穿着盔甲的威尼看起来还好，但是卡莎和索尔就不一样了。他俩还是穿着在北部时的那些兽皮衣，这一看就知道是外地来的人。除了去换装，他们顺便还可以看看有什么可以买的。他们走上大街，这里的主干道非常宽阔，如果说卡佩领地的道路是宽阔的话，那对比威尼领地这里的路，就是小巫见大巫了。主干道两边的商铺也很多，有卖兽皮的，卖木雕玩具的，卖糕点的……应有尽有。看起来威尼领地的繁荣程度比卡佩领地、亨利领地的高多了。自然而然，在这里生活的人也不少，人来人往的，一个不小心就会被冲散在人群中。卡莎第一次见到这么大的集市，顿时有些不知所措，既激动又害怕。威尼生怕卡莎走散，便牵着她的手，同时告诉索尔跟紧些，不要走散了。在这么多的商铺之中，威尼酒庄是这里最常见的商铺，几乎每一条街都有。威尼天生就对葡萄酒很是喜爱。他们走进了一家酒庄，一进门便受到了热情的接待。“尊敬的骑士，欢迎光临本酒庄，我们这儿的葡萄酒香气非常纯正，你一定会喜欢的。”酒庄老板自豪地说，并呈上几杯让他们品尝品尝。“你们这里为什么会有这么多的酒庄呀，看起来像是这儿的特色产物啊。”威尼说。老板拿起酒杯喝了一口，然后说道：“没错，我们这里盛产葡萄，因为威尼家族的人都特别喜欢喝葡萄酒，所以需求量就会很大。我们也就都用葡萄酿葡萄酒了。”“不错啊，那这次我可以尽情地喝了，顺便还可以给我的姨母带一些。”威尼说。老板笑着说道：“过些天就是‘诞生日’了，到时所有的酒庄都会拿出一些酒摆在门口，那时候过路人想喝就可以喝，都是为了‘诞生日’的狂欢。这是我们最盛大的节日。”“等我走时再来找你买吧，现在先品尝一下。”威尼说完，带着卡莎和索尔走了。街上的吆喝声、热情的招呼声在他们的耳边回响。

三人逛完酒庄逛糕点店，逛完糕点店逛木雕玩具店，然后来到了一家裁缝店。眼前的布料琳琅满目，什么布料都有，棉布、毛织布、丝绸……各式各样，裁缝店老板也热情地招呼起他们三人。威尼看到了之前在卡佩领地时喜欢的那块只能有爵位才可以买到的布料，便问了起来：“你好，请问这块布可以买的吗？”“当然可以了，尊敬的骑士。只要你喜欢的话，我们还可以为你量身定做一套衣服呢。”裁缝老板说。“但是我还不是一个真正的骑士，我只是一个平民而已，我还没获得任何的称号，也是可以的吗？”威尼没有底气地说道。“骑士，你言重了，即使你不是骑士，也是可以买的，况且看你们是外地人，我们也会给予一定的折扣的。”裁缝老板很谦和地说。威尼三人一听，很开心地每人定制了一身服装，打算穿得漂漂亮亮地迎接这个‘诞生日’，和当地人一起庆祝、狂欢。他们买好东西后，回到客店中休息。卡莎很贴心地去给威尼和索尔倒水。威尼突然觉得这个陌生的家乡，这个威尼领地是一个很好的地方。这样的地方的国王，应该不会很坏吧。他开始犹豫要不要去维尔城堡拜访一下这位扎克国王了。他问索尔：“你觉得我应不应该去维尔城堡拜访一下这位扎克国王呢？经过一些了解，他好像是年轻时很残暴，到处征战。但是现在听说年迈的他好像变得仁慈了起来，这让我很纠结。”“如果这么理解的话，按理说即使你的父亲战死，你也应该是在威尼家族长大才对。而且你的父亲也是骑士的话，你的身份应该也是很尊贵的。但是你怎么会出现在几乎与世隔绝的莉娜家族里呢？而且是在莉娜家族长大的。这说明是有人把你送到那里的。这样的话，可能是你的父亲在威尼家族中遭遇了什么事情，才会出现这样的情况。”索尔分析得很到位，一下子提醒了威尼。威尼沉思了起来。卡莎此时端上了两杯水。看着如此贤惠的卡莎，威尼内心想：还是算了，现在同行的还有卡莎，不能带着一个女孩子去冒这种生命危险，自己还答应过埃里克要好好地保护卡莎的安全，万一真有什么原因，自己成了逃犯，那可怎么办，还是安安稳稳地走完最后的这些冒险路程，然后回到莉娜家族的农庄吧。外面的世界也看得差不多了，遇到的各种事物也足够慢慢揣摩了。此时的威尼想到这些，为了信守自己的诺言，不辜负埃里克的托付，保护卡莎安全地到达莉娜家族，不打算去到维尔城堡了。“那我们就在这儿欢庆‘诞生日’吧，节日过后我们再去下一个目的地。我们也来体验一把他们的狂欢是什么感觉！”威尼说。“好耶，太棒了。”索尔和卡莎异口同声地欢呼。有了计划和打算的他们，开始在威尼领地里到处玩耍。他们看着木雕匠作画、雕刻玩具，还跑去糕点店学习制作糕点，好回到莉娜家族的农庄时，做给莉娜小姐尝尝，又去贸易农场里了解农作物的价格。威尼以后想让莉娜家族的农庄对外开放，那么大片的玉米林地，把一年丰收的玉米拿去卖，肯定可以赚很多的金币。卡莎则在裁缝店里学习一些新的纺织技术，原本就会缝制衣服的她，学习起来上手很快。她想着以后如果有一些布料的话，自己也可以给威尼和索尔缝制衣服。快乐地度过几天后，时间终于来到“诞生日”的前一天晚上，此时人们已经在开始准备了，都在布置着自己的家，有商铺的人也开始布置自己的商铺。客店也不例外，店老板已经准备好了一些美丽的花，还有好看的小草，准备把客店也好好地布置一番。本来身为客人的威尼他们，老板是不让他们动手布置的，但是在他们强烈的要求下，便同意让他们一起。老板说：“你们可是客人，这种活怎么可以让你们干呢？”“没事嘛，我们一起帮你布置这些花花草草，迎接‘诞生日’，这样我们也有一些参与感，我们也当作是在玩嘛。”威尼开心地说，边说还边拿起花开始学习怎么布置。老板见他们这样，也不好破坏他们的兴致。老板当然也很开心，只是看对方是客人，才不让他们做这些劳动。鲜花很多，有漂亮而美丽的百合，艳丽而高贵的玫瑰……搭配一些绿叶，绑成一个个花球。索尔用自己的魔法藤蔓将花和绿叶都盘绕起来，顺着客店的结构，从门框、楼梯到桌椅都进行了绿植装饰。客店老板被这一魔法震惊到了，从来没有见过有这种魔法能力的人，说道：“被你们这么一装饰，我们的客店一定是最漂亮的客店，赶紧在门口多放一些好吃的，今晚就开始提前狂欢起来！”路过的人看到这么美丽的花境小屋，纷纷来到店里参观。威尼领地外的一些渔民、猎人也都来到客店入住。这一晚，客店里的房间都被住满了。

“诞生日”的这一天清晨，威尼三人早早地便起床了。大街上已经开始有人陆陆续续地摆出食物，家里有什么就摆出什么。这一天，只要是摆在门前的东西，都是可以免费吃的，有方糕、芝士卷、糯米团……玩的也都一样，有纸面具、花朵树叶、小风车……总而言之，就是各家拿出自己的东西和大家一起分享。小孩子跑到街上追逐玩闹着，年轻美貌的姑娘则开始载歌载舞起来，年轻的小伙也会戴起面具，穿着帅气的衣裳游街串巷，看见心仪女子，可以邀请她一起跳一支舞。大人营造气氛，小孩开心打闹，一个节日也有了乐趣。威尼和索尔跃跃欲试，也想加入这些年轻小伙的队伍中，卡莎则很害羞地穿着花衣裳，坐在了客店里，透过窗户看着屋外的热闹景象。她拿起一个本子，开始记录了起来，想留住这些记忆。威尼穿上银闪闪的龙鳞盔甲，一走上街便有许多的漂亮的年轻女子在他附近跳起了舞蹈，都在等待着威尼发出跳舞的邀请。连平时害羞的索尔此时都主动地邀约起来，向一个女子行了一个绅士的礼仪——他们在街头跳起狂欢的舞蹈。威尼此时突然想到卡莎还在客店里，看向店内，卡莎也已经换好了新的衣裳，正低着头，拿着笔在写诗。她还是一头黑色的头发，小麦色的脸上长了几点雀斑，闪烁的眼睛上有着长长的睫毛。她的美在这一刻已经盖过之前的卡佩小姐。他回想起之前在名誉小镇发生的那一切，那个女孩没有对威尼许诺什么，卡佩公爵也因为威尼不是一个骑士，不允许他与卡佩小姐举行婚礼。而现在的卡莎在自己不是骑士的时候，仍愿意跟随着他一起走这危险的旅程，而且对这些危险并不害怕，反而很有勇气地面对——威尼还不知道，卡莎每次看着他的眼里都充满着光。威尼想到这些后，便走回客店，来到卡莎的位置上，向她行了一个骑士礼，伸出他的右手，问道："你好，美丽的女士，我能邀请你跳一支舞吗？"卡莎望着眼前穿着银光闪闪的盔甲的威尼，害羞地说："当然可以了，尊敬的骑士。"她向威尼回了一个礼，然后伸出她的左手放在了威尼的手上，另一只手缓缓地搭在了威尼的肩上。客店里的乐队看见了这一幕，原本奏着的欢快的歌曲变成了浪漫温和的轻音乐。随着音乐的响起，威尼和卡莎也更有节奏感地跳着舞。客店老板看着他俩，双眼湿润，回想起他和他的老伴在年轻时是何等浪漫，感慨道："岁月的流逝竟然如此快，曾经我也浪漫过，愿记忆可以锁住这美好的时刻。"

此时，一个肩背布袋、满脸灰尘的人冲进了客店，喊道："水，快给我水喝。"这个人的闯入打破了浪漫的气氛。"谁呀，这是……"客店老板说道，然后端上一碗水。"我，是我，前方的情报员。"情报员疲惫地说。客店老板这才认清了他，是领地前沿的情报员，他每次送情报时都会来这个客店停靠一小会儿，讨碗水喝。所以一有什么消息，这个客店老板也都会先知道一些内容。"这次大事不妙了，以前被赶跑的塔克人现在又再一次入侵了大平原了。隔壁的佩克家族已经在和塔克人开战了。但是这些塔克人数量庞大，四处都有，入侵速度非常快。”情报员气喘吁吁地说，“不说了，不说了，我要赶紧把情报送去维尔城堡。”他跑出了屋外，骑上一匹刚换的新马，继续赶路。威尼听到这消息后，本打算过完节日后出发去佩克领地看一看，没想到这塔克人的入侵速度这么快。没办法，他们只能直接回莉娜家族的农庄了，到时走水路也会快一些。虽然威尼和客店老板知道了这个消息，但大部分人还都不知道，“诞生日”的气氛没有被破坏，大家还是接着奏乐，接着舞。客店老板说道：“现在外面这些活动都还不算什么，重头戏是在晚上，到时维尔城堡的中心广场的晚会才热闹。大家都会去那里观赏烟花秀，还会放纸灯。”威尼听完老板的描述，有些心动，便问索尔和卡莎：“晚上要不要一起去看呢？跟着人群混进去，看完就赶紧回莉娜家族的农庄。”“这样没问题吗？会不会有什么危险？”索尔说，开始有些担心。“我……我没有什么意见，我听你们的就行了。”卡莎小声地说。“那就这么决定了，今天晚上趁着人多的时候，混进去瞅瞅这烟花秀是什么样子。看完后，我们就立马回到客店收拾东西，启程回莉娜家族的农庄。”威尼很是认真地说。

夜晚很快就到来，今晚的天气很好，晴空万里，有弯弯的月亮，有闪烁的小星星。客店老板说：“这样的天气最适合放纸灯了。我们把纸灯放飞到空中，是对来年的祈福，也是对逝去的家人的挂念，以及许下愿望。你们有什么愿望，都可以在今晚许下。”威尼三人跟着大街上的人流，一同拥入维尔城堡。他们来到了中心广场，这里早已聚集了很多的人。钟声响起，穿着黄金盔甲的禁卫军踏着规整的步伐在广场上列队。如此规整的军队，让威尼大为吃惊。他见过自家农庄的卫兵，见过亨利家族、卡佩家族的卫兵，还有利亚家族的骑士团，都没有这般威武。“哇，统领这样的军队的人，是何等威风呀。”威尼说，这句话被旁边的一个老渔民听见了，他就是上一次在渡河点觉得威尼很熟悉但又说不出是谁的那个老渔民。他仔细地盯着威尼，一直转动他那即将生锈的大脑。“威尼一世？”老渔民说了一声。这时附近的人都看了过来，一些年长的人看见后也说道：“还真的挺像的。”“这不就是威尼一世年轻时的样子吗？”“威尼一世以前就长这样的。你看过他年老的时候吗？”那些人已经开始议论了。刚好此时的扎克在大平台上喊道：“狂欢之夜现在开始。”绚烂多彩的烟花瞬间从城堡四周射向天空。烟花的爆炸声盖过了他们的议论声。烟花瞬间就吸引了卡莎，烟花绽放出的朵朵花儿、五颜六色的流星……人们也开始点亮纸灯，放向夜空；还有的拿着树叶，有一捆一捆的，有一片一片的，热烈地欢庆着；小姑娘跳着各种各样的舞蹈，唱着动听的歌声来欢庆。狂欢节上烟花飞扬，明灯飘荡，树叶摆动，狂欢的人们沉浸在其中。但刚刚的事让威尼开始觉得不对劲了，他感觉被发现了什么。迫于可能发生的危险，威尼叫上了卡莎，还有索尔，说道：“我觉得我们差不多要离开这里了。我刚刚好像被认出是什么人的样子。”卡莎却有些不舍得离开，但没有办法，他们一开始就说好的，看完烟花就赶紧离开威尼领地，况且又发生了刚刚的事情。威尼不敢停留太久，万一出了什么事，这个黄金禁卫军看着挺吓人的。他们三人逆着人流挤出了人群，走出维尔城堡，回到他们居住的客店。客店老板惊讶地说：“哟，怎么这么快就回来啦，那里应该刚开始不久吧。”“我们见着了烟花秀，得赶下一个路程啦，不能久留了。本来没有打算在这儿过‘诞生日’的。”威尼说。“走得这么急啊，行吧行吧，你们的马已经喂饱了，还洗干净了呢，我给你们准备一些食物，可以路上吃。”客店老板还是很热情的。他们回到各自的房间收拾行装，然后来到店门口，老板早已牵出马棚里的马等着他们。威尼穿好盔甲，拿着长枪，骑上了马。“感谢你这些天的照顾，我们下次还路过这里的话，再来好好地过诞生日。”威尼说完便向客店老板行了一个骑士礼。“这是我们的荣幸，日后路过这里记得常来啊。路上小心。”客店老板不舍地说道。

第十四章

※

他们三人前脚离开客店，后脚就来了一小队黄金骑士团，包围了客店。“听说你们店里来了几个外地人，是否有此事？”领队的骑士说道。客店老板很疑惑地问：“是有这事，怎么了吗？”“他们几个人中，有一个长得很像威尼一世的，我们怀疑他是威尼一世的儿子，也就是以前失踪的王子。你知道他们往哪里去了吗？”领队的骑士说。“我很抱歉，骑士，这个我就不知道了，只知道他们离开了我们的客店，但不知道往哪里去了。”客店老板回应骑士的话。领队的骑士看问不到什么有用的信息，便调转马头向领地的出口赶了过去，同时下令分开向各个可以离开威尼领地的路线追去，希望可以追到威尼他们。果然被威尼料到，这一消息一下子在人群中扩散，被扎克安插的耳目听见了，他们很迅速地向扎克汇报了。扎克听完，立即派人去追威尼。

此时，威尼三人正骑着马快速赶往东部的海口码头，计划搭船走水路，直接回到拉巴克山脉脚下。他们还不知道扎克这么快知道这个消息。此时的威尼满脑子就只有一个路线和目的，安全带着卡莎和索尔回到莉娜家族的农庄。

他们来到了东部海口的码头，威尼下了马，四处看了看，见海岸边上有渔民在收拾渔网，便走过去问道：“你好，可以帮我们找找哪里有船可以买吗？我们想买一条船，不能太小，要足够搭载我们三个人，还有三匹马。”渔民看了看他们，说道：“跟我来吧。”说完便走在前面领起路来，将他们带到一个海边小屋中。一进门，一股扑鼻而来的鱼腥味加上青苔的潮湿味，让卡莎有些反胃。屋里灯光很暗，只有几盏船灯在勉强照明，保持着屋内的明亮。海风吹过，海岸边上成排的船只在海浪的冲击下相互碰撞，发出砰砰的声音。一个胖胖的渔民坐在屋内的吧台上。“胖鲨，这几个是要来买船只的。”渔民说道。胖鲨就是那个胖胖的渔民。他很凶地问：“想买什么船？大船还是小船？”“我们想买一艘足够搭载三个人，还有三匹马的船，最好是还可以让我们雇佣一个船夫。现在就要。”威尼说完便丢出一小袋金币。胖鲨看威尼的气势，感觉不好怠慢，提着船灯去到海岸边，开始挑选船只。“这艘吧，足够装下你要搭载的东西了。然后刚刚那个人给你当船夫吧，你给他金币就行了。”胖鲨指了指刚刚那个带路的渔民说。威尼有些担忧，因为这是他们第一次走这么远的水路，而他们三人都不会游泳。此次返程过于紧张，本想好好地沿着海边返程，慢慢欣赏大海，但是现在没有办法了。胖鲨解开了船边铅锭的铁链，在船上挂上两盏船灯，然后将船拽到较深的海域，说：“行了，现在可以走了，沿着海边划，小心海浪就行了。”威尼牵着马上了船，卡莎和索尔也跟着上了船，那个渔民也跟着踏上了船上，船开始缓缓地漂走。黄金骑士团此时也追到了岸边，在岸边徘徊着，但是也只能呆呆地望着威尼几人的背影。“我的天，真的是太幸运了，还好我们走得快，虽然不知道他们是想干吗，不过这队人马这个样子追了过来，肯定没有什么好事。谢天谢地。”威尼这下总算是舒了一口气。他们摊开一块帆布，摆上客店老板给他们准备的糕点等食物，喝着纯正的葡萄酒，躺在船板上看着月亮和星星，享受着这短暂的夜晚，准备迎接日出了。索尔露出开心的笑容，说道：“太棒了，游走了这么久，现在终于可以回家了。我的父亲看见我这样子，肯定会以我为傲的。让那些瞧不起我的大叔大婶们也看看我现在学会的法术。”索尔说完不久后，便躺下呼呼大睡了起来。威尼则不是这么想的。他开始总结这个行程中遇见的点点滴滴，那些看到的、学习到的东西。卡莎快速地拿起了纸和笔，等待着威尼的讲述。威尼见卡莎这么懂得自己的心思，有些意外。“我还没说什么话，你这是……”威尼问。“我看你好像准备说些什么的样子，所以我就想着帮你记录记录。”卡莎说完，害羞地低下了头。“那我就开始总结啦，然后你帮我记录一下。我回到莉娜家族的农庄后，也可以给我的姨母看看。”威尼开始讲述：“我这一路见过的善良的人、自私贪婪的人、谦卑的人、友善热情的人……从踏出莉娜家族的农庄后，我便开始追寻心中骑士精神的答案。一开始，我以为有了骑士的宝剑、盔甲就是一个骑士了，后来慢慢知道骑士还是需要被册封的，需要宣誓效忠于自己的家族，再后来才知道一个真正的骑士，除了拥有前面这些东西外，更重要的是需要有礼仪、谦卑、忠诚这些品质，才算是一个骑士。这是一种精神。自己战斗后，站在孤高的峰顶，任由风左右吹着已破损的衣衫，也得拍一拍满是尘土的铠甲，抬起沾满血渍的脸，微笑地凝望远方。这是一种态度。我们绝不能让自私、贪婪、邪恶的力量侵犯到我们内心深处的那一颗初心。无论我们身在什么样的环境，都不能失去我们的正义感，不能违背自己的良心。作为一个骑士，需要这样的精神。”他讲述完，看向卡莎。卡莎并没有下笔，只是很安静地在欣赏眼前这个男人。可能对她来说，刚刚威尼所讲的都深深地印在了她的脑海里。威尼看着卡莎这样盯着自己，突然有些不好意思起来。他挠挠后脑勺，说道：“你这样看得我好害羞啊。我刚刚说的这些，就是我的想法啦。”卡莎深呼吸着，拿起酒杯，喝了一口葡萄酒，然后躺下看着天空，渐渐地进入梦乡。威尼则看着天，等待着日出。

天亮了，他们来到返回路程中的第一个站点，这里是各家族还没有开拓的领地范围，由一些零碎的小屋组成的渔村。船靠岸的时候，船头撞到了码头的乔木，颠了一下，索尔的头撞到了船沿，他迷迷糊糊地睁开了眼睛。“好疼啊，这是到哪儿了？”索尔迷蒙地问。“到停靠点了，我们休息休息再走，让马也吃点东西。”船夫说。说完，船夫走进一户渔民家的院子里，在一堆干草上躺了下去。索尔用魔法藤蔓拴紧了船只，做好固定船只的工作，随后看见海滩上有很多的鱼干。海滩上晒满了一条一条的海鱼，还有很多的鲜鱿。闻着这个海盐的味道，还夹杂着腥味，索尔有些馋了起来。他跑到威尼跟前说："我们买一些鱼干吧，顺便也给莉娜小姐他们带一些吧。他们应该是没有吃过这些东西的。"他的言外之意也透露了自己嘴馋的想法。卡莎也用她那水灵灵的眼睛看着威尼。威尼想了想，说："行吧，我们就买一点吧。但不能买太多了，我怕我们吃不惯这些海味，会浪费了。"威尼说完，便掏出几个金币递给索尔，让索尔去购买。威尼瞄了一眼自己明显扁了的金币袋，出发时利亚族长给的金币已经快要被他们花光了。在威尼领地花的住宿费用，还购买了这条船，已经用掉了很多金币了。剩下的要撑到他们可以回到拉巴克山脉。如果在平原的森林，没有了金币，他们还可以靠捕猎获取食物，现在在海边，不熟悉水性的他们一旦没有了金币，食物方面就难办了。

"一个，两个，三个……"索尔开始数购买的鱼干。威尼走到了椰子树下，缓缓地靠着树干坐下，脱下了沉重的盔甲，戴上刚从渔民那儿借来的草帽。他看着大海，感受着迎面吹来的一阵阵海风。树阴下，几只小螃蟹时不时地出现，从他的身边绕过。广阔的海景让威尼很是放松。他们是顺着洋流而下的，照这个前进的速度，很快就可以回到莉娜家族的农庄了。他们休息了片刻，便继续出发。海面十分平静，可刚走出几海里，瞬间狂风骤雨，海面掀起了滔天巨浪，海浪一波一波地拍打着船。船上的马被吓得发出刺耳的马鸣声，卡莎害怕地蜷缩在船沿边上。“我的天啊，现在完了，这下可能要完了。我们可都不会游泳，要是船翻了的话，就完了。什么魔法现在都救不了我们了。”索尔慌张地说。威尼的脸色也十分难看，这剧烈的摇晃让他非常难受，何况他还穿着沉重的盔甲。船夫却很淡定地在和海浪做着拉扯的斗争。海浪想将这孤零零的船卷入自己的怀中，船夫则在稳当地调整着船只的方向，专心地控制着船帆。经过一番博弈后，他们冲出了这一片海域。但是这一次的摇晃让威尼的身体很不舒服。顾及威尼的身体，他们只好在就近的岸边休整。索尔利用椰树林原有的地形开始搭建营地，卡莎升起火堆，开始烘干那些被弄湿的衣服。等威尼缓过来时，索尔说：“海上还是太危险了，虽然回程是会快很多。这次我们命大，得感谢船夫的控船技术。”那些三匹马也受不了这样子的摇晃，在被牵上岸的时候，摇摇欲坠。威尼思量后说：“我们还是走陆路返程吧，为了安全起见。”在这一刻，威尼似乎已经改变了，变得成熟稳重了，不再像以前那样不顾危险地去闯荡。他所顾及的东西越来越多。他打开了地图，确定了现在的位置后，开始计算起路程和出发的路线。“明天天一亮，我们再出发。这艘船就送给这位船夫吧，以报答刚刚对我们的救命之恩。”威尼说。索尔和卡莎没有异议。今晚，他们很幸运地可以节省带在身上的干粮，包括他们购买的鱼干。因为在他们讨论的时候，船夫走到林里砍了一根木棍，然后拿出一把小刀，用藤蔓把它固定在棍子上，做成一个简单的捕鱼鱼叉。威尼看着他做的这个鱼叉，问道：“你看看，我的长枪可以当鱼叉吗？”说完，他无力地拿起枪，索尔赶紧搭把手，接过来递给船夫。船夫举了举长枪，说道：“这个太重了，怎么可以用来捕鱼。我们的鱼叉需要轻巧、头部锋利的才行。你们放心吧，今晚有得吃的，我去浅海边捕几条鱼，运气好的话，说不定还可以捕到龙虾、大螃蟹之类。”渔夫说完便向着大海走去。“我也去，我也去，我去学学怎么捕鱼。卡莎你在这儿好好照顾威尼。”索尔赶紧跟上前去，留下卡莎照顾威尼。威尼回到陆地上待了一会儿，也好了些，像他这样的，应该是无法在海上漂泊，船太过摇晃的话，一下子就让他把肚子里的东西给摇出来了。卡莎看着眼前的威尼，不由得笑了起来。“你笑什么？”威尼蹙起眉头，一脸疑惑地问道。“没……没……没有，我哪有笑。”卡莎故作镇定地回答。“你肯定在笑，我都发现了，还说没有。”威尼不肯放过卡莎，追问着。“啊，没有，我刚刚只是突然觉得……嗯……如此威武的骑士，其实也有害怕的东西，居然是旱鸭子，还晕……”卡莎有些支支吾吾地说，并用可爱的眼神望着威尼。“唉，不说了，我也不知道会这样。还有，我只是怕翻船了，然后我们几个都不会游泳，所以才改为陆路前进了。况且我们还有马匹呢，它们也晕船，我们不能这样折磨它们。”威尼急忙解释了起来，然后便扯开了话题，“走吧，我们也去学学怎么捕鱼吧。自己动手，丰衣足食。”卡莎读懂了他的心思，给威尼留了一些面子，毕竟骑士的名誉也是很重要的吧。索尔用魔法藤蔓编织出一个网袋，用来收集船夫捕到的鱼。船夫在浅海域中一上一下，时而潜入水里，时而跃出水面，每逢浮出水面，他手中的鱼叉上都会带出一条鱼。索尔则在离船夫最近的地方等着船夫递上来的鱼。藤蔓网中的战利品越来越多了，一旁的威尼和卡莎为他俩欢呼。

索尔拉着沉甸甸的藤蔓网，这藤蔓网看起来下一秒就可能要被撑破了，可见这次丰收之大。他们升起一堆火，拿起小刀腌鱼，然后用树枝把鱼叉住，固定好，一个简单的烤鱼聚会就开始了。除此之外，他们还捕到了一些蛤蜊、蚬子等贝壳类。经验丰富的船夫仔细地教威尼几人做烤鱼。卡莎也很会享受生活，在出门前，知道在野外风餐露宿时，大多会狩猎，然后炽烤着吃，所以她带了一包香料在身上。当她拿出香料撒上时，这烤鱼才有了“灵魂”。虽然香料被海浪浸湿了一点，但影响不大。船夫边吃着烤鱼边问：“你们什么时候出发前往下一个地方？”“我们等明天天一亮就走。”威尼回答。“嗯，行吧，你们走的时候可以贴着海岸线，这样也能到达你们要去的拉巴克山脉脚下，那儿的路一般都比较平坦些。我等你们走后我再出发，今天捕到的鱼也够我们吃到明天的。”船夫说。就这样，威尼三人在海边吃着烤鱼，听着船夫讲捕鱼技巧，了解渔民的生活，也聊起了以前的故事。他们累了就躺在营地的帐篷里，听着海风吹动海浪的声音，渐渐入眠。

第二天早上，威尼一行便收拾好行装，骑上马，朝拉巴克山脉前进。因为路面平整，加上骑着马，在平原地带赶路还是很轻松的，虽然没有水路顺流而下那么快，但骑马对威尼来说会比较舒服。回到陆地上的他也活跃了起来，又像以前那样子，握着剑挥舞几下，或者拿着长枪摆上几个动作。卡莎看见威尼这样子，也会偷偷地笑他。“习惯就好，习惯就好，他从小到大一直是这样子。”索尔说。“哈，可恶，你是不是在偷偷说我的坏话呢？看我怎么收拾你，不要跑。”威尼对着索尔说，两人开始打闹了起来。他们一路你追我赶，有说有笑，十分愉快。路程中的愉快像是给行程按下了快进的按钮，他们很快就走到了之前的礼仪小镇。“我们进去看看吧，看看史蒂夫太太，还有丽莎夫人。她们看见我们一定也会很高兴的。”威尼对索尔说。然后他转头对着卡莎说：“我们去拜访一下以前照顾我们的史蒂夫太太和丽莎夫人，刚好顺路来到了这里。她们见到我们一定会很开心的。可以吗，卡莎小姐？”“啊，怎么还问起我了，都……都行啊，你带着我们走呀。”卡莎有些受宠若惊。“那就这么决定了。我们也不要停留太久，不给她们添加太多的麻烦。待得久了，我相信史蒂夫太太一定会留我们在她那儿过夜的。”威尼说。他们三人便下了马，牵着马走进了小镇。

这里的一切是多么熟悉，但这一次威尼不再像以前一样，见到人都傻愣愣的了。对相遇的每一个人，威尼都会向他们行一个标准的骑士礼。路过的人都对他投来了赞许的目光，也被眼前这个穿得银光闪闪的威武骑士所吸引。由于威尼有佩戴头盔，所以别人暂时认不出他，但是之前带着他们离开小镇的马夫认出了索尔。他也被眼前的这个骑士吸引了。“这不是索尔吗！那个穿着盔甲的应该是威尼吧！现在你们都有自己的马啦！”马夫喊道，“还认得我吗？”索尔回答道：“当然了！我们先去拜访史蒂夫太太，晚点再来看你。”威尼还在和别人行礼，所以没有注意到马夫。索尔拍了拍威尼，说道：“嗨，马夫刚刚在向你挥手，叫喊着你呢。听见没？”“啊，不好意思啊，刚刚没有注意到。我们先去史蒂夫太太那儿，然后晚点出小镇时再去拜访你。”威尼很不好意思地说。随后他们便径直向史蒂夫太太的糕点店走去。三人来到了史蒂夫太太的糕点店门口，透过商品的橱窗看过去，此时的史蒂夫太太正提着一个很大的篮筐，从里面拿出刚出炉不久的方糕，摆放了起来。她看起来还是和以前一样硬朗。威尼敲了敲门。“你好，欢迎光临史蒂夫糕点店，请进。”史蒂夫太太的声音传了出来，然后她往门外望去。不例外，她也被穿着帅气的盔甲的威尼所震惊到，毕竟这是用龙鳞制成的盔甲，确实很威武且夺目。“这是威尼吗？真的是你呀，你这身盔甲也太棒了吧。你现在真的成为一名骑士了吗？”史蒂夫太太惊讶地问。“这倒还没有，我还没有得到正式的封号，也还没有对哪个家族宣誓呢。”威尼回答，有些不好意思。“哦哦，是这样子啊，没事没事，这都不重要。主要是你穿上这一套盔甲，看起来就和真正的骑士一模一样，我认为你是骑士就行了。”史蒂夫太太说。“没事没事，他会有的。我们回去莉娜家族的农庄时，他一定会有封号的，他迟早会是骑士的。”索尔很开心地说，眼睛不由自主地瞟向了那刚出炉还冒着淡淡水汽的方糕。显然，索尔的这个神态被史蒂夫太太捕捉到了，因为索尔此时的神态和他们第一次来到这里时很像。“哈哈哈哈，吃吧吃吧，不用客气，你们应该也很饿了吧。来到我这儿不用跟我客气的。”史蒂夫太太说完，便将手上装有方糕的篮筐递给了索尔。索尔一接过篮筐，马上拿起一块往嘴里塞，笑笑地露出他那洁白的牙齿，说：“我就喜欢吃史蒂夫太太做的方糕了，是真的很好吃。”大家看索尔这么开心，也都笑了起来。“嗨嗨，注意点吃相，别这么难看，咱们可是绅士呢，我们在礼仪小镇呢。”威尼提醒索尔。“哦哦哦，对对对，那是得注意点。”索尔说完，便拿出随身的水袋喝了起来，垫一下这略微有些干的方糕。“嗨，说这些，在外面你们注重一下礼仪，但是来到我这儿，就不用太拘束啦。太拘束你们反而不舒服。你们晚上还是留下吃饭吧，我还像上次一样给你们下面条吃。吃完，今晚在这儿休息，明天早上你们要启程去哪里，再由你们安排吧。”史蒂夫太太热情地说。“不不不，这样我们又得打扰到你了，我们打算过会儿就走，还要去拜访一下丽莎夫人呢。拜访完丽莎夫人，我们就离开了。”威尼说。“说到丽莎夫人，她之前不是攒了一批货嘛，听说交完货后，钱被拖欠着不给呢。本来她想用那笔金币装修房子的，现在都泡汤了。”史蒂夫太太说着，替她失落了起来。“有这种事？我们现在就去丽莎夫人那里，问问什么情况。”说完，威尼拿着长枪走出了门，向丽莎夫人的鞋店走去。“走，跟上，我们也去看看。”索尔对卡莎说道。

他们来到丽莎夫人的鞋店，见她一如往常地坐在小凳子上制作那一双双皮靴子，但看起来多少比以前沧桑了一些。在威尼的印象中，丽莎夫人是一个年轻、高雅的人，仅凭外表看不出她已经有几个孩子了。威尼最后见她时，她的面部肌肤吹弹可破，可现在脸上的肉略显下坠，也长了不少皱纹。看她这样子，她这段时间应该是过得很不容易。威尼走到丽莎夫人跟前，摘下头盔。丽莎夫人慢慢抬起头，看着眼前这个穿着盔甲的高大的骑士，顿时有些傻了眼。她定睛缓过神来。“天呐，这不是威尼嘛！现在变成真正的骑士了吗？”丽莎夫人很高兴地说，“来，进来坐。这几位是……”丽莎夫人有些晃了神。“这位是索尔，我的随行同伴。这位是卡莎公主，是我要保护的人。”威尼回答。“哦哦，是这样啊，来来来，进来坐下聊。”丽莎夫人说完，便从柜子拿出几个杯子，提了一壶水出来。她还是像以前一样优雅地倒着每一杯水。她的这个形象给威尼留下了很深刻的记忆，是她教会威尼无论所处的环境怎么样，都要以这种态度对待生活。“丽莎夫人，我听史蒂夫太太说，你的酬金被拖欠着，直到现在还没有给你，是不是真的有这事？”威尼问。“唉，确实有此事，我们已经到过小镇的议会大厅起诉了，但是仍然没有得到任何答复，也曾去亨利领地城堡的议会大厅起诉，也是没有得到任何结果。他们嘴上说着会给我们这笔金币，但是一直没有给到我们手上。”丽莎夫人无奈地说着。面对这情况，一向优雅温和的她也没有什么办法。她不会去议会大厅里闹腾，只能眼巴巴地吃下这个亏。“所以这笔金币就是亨利家族欠下的咯。好了，我知道了，当时他还想加害我和索尔，还好我俩机灵地逃了出来，不然现在你们可能就见不到我俩了。”威尼越说越生气。“你放心好了，丽莎夫人，这件事交给我们，我们帮你拿回这笔金币。”“你们能有什么办法呢？”丽莎夫人很疑惑地问。威尼严肃地说道：“这个就交给我们吧。”一旁的索尔似乎也明白了威尼的想法。

他们离开了丽莎夫人的鞋店，决定回到史蒂夫太太家中住下，然后商议如何拿回这笔金币。索尔问道：“你有什么好的办法吗？”“身为骑士，就要以骑士的方式去维护正义。亨利家族即使再阴险狡诈，也得遵循着祖辈留下来的‘决斗’这一古老的解决问题的方式。他们怎么说也是七大家族之一，一定会应战的，就连塔克家族这种蛮横不讲理的都会应战。”威尼说道。“话是这样子说，但是怕的不是他们不答应决斗，而是他们会在决斗时使坏。”索尔很担忧。“即使这样也得去，这是一次维护正义的决斗，一定会得到老天爷的眷顾。我已经对丽莎夫人承诺帮她拿回金币，我必须做到。如果不去的话，我就是懦夫。”威尼对索尔说。“明天天一亮我就去。你们也不用劝我了，我已经决定好了。”说完，威尼便骑着马出了小镇，来到以前他练习骑马的地方。这里经过一年的休整期，所有作物都被收割完，留下一片片光秃秃的田地。田地很开阔，威尼正好可以在这里好好地练习马术。因为明天的战斗，他想骑着马和对方的骑士进行一对一的马背决斗。以前他所经历过的决斗，都是没有骑马的，就算有骑马的战斗，也是在战场上对战步兵。马夫也骑着他那匹老马来到这里。“练马术怎么可以少得了我，别忘了，可是我教会了你如何骑马的，是你的老师来着。”马夫说。威尼转头看向马夫，说道：“对啊，我怎么把你给忘了，本来想着离开时去拜访你。”“听说你要去帮丽莎夫人拿回那笔被拖欠许久的金币，准备向亨利家族的人发出决斗邀请。”马夫摸了摸他的马说。威尼很是疑惑地问道：“你是怎么知道的？”“小镇就那么大，有什么消息一会儿便传开了，特别还有史蒂夫太太这个大喇叭。”马夫说，“来吧，我教你如何比较灵活地控制你的马，剩下的战斗技巧就要你自己去琢磨了。”马夫开始示范骑马的一些灵活技巧，其中最重要的是控制马的跳跃。这一招是马夫的绝技，他控制马跳跃的距离、时机、高度都把握得很完美。马在他的指挥下，仿佛知道什么时候要跳起来，要跳多高、跳多远。一旁的威尼看得激动不已，按捺不住想要赶紧上马试试。可是他的马穿着盔甲，自然跳得没那么远，也没那么高，甚至极大地降低了速度。这可把威尼难住了，因为如果脱去战甲的话，防御力就会大大地降低，在决斗时稍有不慎被划到，可能就葬送性命；但是穿上盔甲就无法像马夫那样骑马，灵活度会大大降低，只能正面拼杀。现在摆在威尼面前的这两个选择，需要他好好考虑。他回想以前决斗时，自己大多都是以灵活的战斗技巧赢得决斗，现在突然穿上这些盔甲，让他决斗时反而有些不习惯，虽然耍起帅来还是挺不错的。威尼便开始一边学习控制马跳跃的技巧，一边为马减轻负担。他先将马铠一件一件地卸下，计算他想要马能跳跃的高度，还有距离。经过反复的思考，最后他的战马的马铠，就只剩下保护马头的面帘，还有马蹄铁，其他的全被卸下了。当威尼把马训练到自己想要的跳跃高度后，剩下的就是他挥枪的进攻速度了。此时的威尼已经想好明天决斗的招式了，认为这招一定可以出其不意地击败对手。

等他练得差不多时，天色已经暗了下来。威尼骑着马回到史蒂夫太太家中，把马牵入马棚里，然后拍了拍马说道："今晚好好地休息，吃点好草料。明天能不能一招制胜，就看你的了。"马似乎听懂了他的话，一个劲儿地发出叫声，还时不时跳跃几下，像是在展现自己狂热的精力。卡莎此时从屋里走了出来，对威尼说："明天要小心点，如果打不过，你就逃吧，不要勉强自己。这匹马是好马，它会救自己的主人的。""什么？逃跑是不可能的，骑士只会战死在场上，是不可能逃跑的。我知道你担心我，但是逃跑这种事情，你以后也不用跟我说了。”威尼很是严肃地说。卡莎有些委屈，因为威尼从来不会用这种语气和她讲话。她是在担心威尼，怕他明天万一出现什么意外，所以才会这样子对他说，不过现在她也更爱眼前这个骑士。威尼回到了屋内，好好地休息了一个晚上。

第二天早上，他穿上龙鳞盔甲，手持长枪，骑上战马。“今天，我就带索尔一起去吧，卡莎你留在这里。我们很快就回来的，放心。”威尼说。“佩剑要带上吗？就是猎人送的那把。”索尔问。“不用了，今天要堂堂正正地在马上跟对方的骑士决斗，用我的长枪就行，带着佩剑过于别扭了。我还是要用灵活性来取胜。”威尼信心满满地说，然后便骑着马冲出小镇。索尔喊道：“嘿，你等等我啊。”他赶紧跳上马背，骑着马赶追了过去，跟上威尼。卡莎目送着两人离去，开始默默地祈祷，希望能给他们带来好运，让他们平安归来。

他们骑着马，很快就来到了亨利领地，来到了亨利城堡。威尼想出了一招，就是在城堡下对亨利家族发起决斗，约对方的骑士，并把城堡前的空地作为决斗场地。这样能引来很多民众围观，让亨利不得不接受他发出的挑战。如果他赢了，就直接让对方交付金币，如果他们不交付金币，就会完全失信于亨利领地的人。他和索尔拿到金币，直接走人，这样也就不用进入城堡内，便可以防止亨利出什么阴招，或者战败后不交付金币。

威尼大喊道："尊敬的亨利族长，此次前来，是为了拿回你们欠下丽莎夫人的一笔酬金。这笔酬金是用来支付你们在她的鞋店购买的一批鞋子的，但现已过了那么长时间，你们为什么还不向她支付这笔酬金？今天我就是来要回这笔酬金的。"附近的居民被这叫喊声吸引了过来。亨利很是迷糊，走到城堡上的大平台，居高临下地看着在城下叫喊的威尼。因为威尼戴着头盔，他一时没认出来。"哪儿来的骑士，你们几个看看他的盔甲上有没有什么图案。"亨利对着身边的几个卫兵说道。卫兵一个个探出了头，观察着。其中一个卫兵说："没有什么图案，只是他的盔甲看起来不像是用钢铁炼出来的盔甲，色泽也很奇怪。"亨利听了，摸了摸架在鼻梁上的镜片，向城下看去。"好像是有些不一样，银闪闪的，还有点金黄金黄的感觉。"亨利嘀咕着，"去，赶紧去叫长老们过来看看。"随后，几个长老匆匆地来到了平台上。"几位长老看看，这下面穿着奇怪盔甲的骑士，是什么人？最重要的是那副盔甲，怎么这么奇怪，这么闪眼。"亨利用手捏了捏他嘴上的小胡子说道。长老们的视力也不太好，有些老眼昏花。其中一个说道："这会不会是用快生锈的钢铁炼制的，然后刷了什么东西在上面吧。我看得不是很清楚。"几个长老开始议论纷纷。最后得出一个较为有把握的推测："这该不会是用龙鳞制成的吧？只有龙鳞才会有这个颜色，才会有这种质感。"此话一出，立即引得平台上一片哗然。“龙鳞？”亨利惊讶地说，“那岂不是无价的宝物！”他的眼睛瞬间亮了起来。“是的，如果我没猜错的话，应该是龙鳞。我记得书上曾有记载，龙鳞就是这样的色泽。”“快快快，先答应他发出的挑战。你们有哪位骑士敢应战？”亨利着急地说。“先听我说完，龙鳞的防御力极高，普通的刀枪无法击破它。要在刀枪上涂抹特殊的魔法药水，才有可能刺破这层盔甲。”长老不紧不慢地说道。“那还不快去拿药水来。”亨利此时只想着夺下威尼身上的盔甲。“需要给我一点时间提炼，你们先拖住吧。”长老说完，便和其他长老离开了大平台，回到他们的神台去炼制药水。

威尼已经在城下叫了许久，却没人应战。他有些口干了，拿出水袋喝了几口。“这老半天了，怎么还没人下来应战呢？该不会是打起什么坏主意了吧。”索尔在一旁说道。亨利认出了索尔。“这好像是以前逃跑的那个小鬼，现在长成这样了？”亨利向他的管家确认。“是的，就是他，我过目不忘。同样，对大大小小的账我也是过目不忘，您确实欠了丽莎夫人一家一笔金币，数目还不小。”管家说道。“没事，那笔钱是小事，现在我看重的是这副盔甲，这才是宝物。既然那个是索尔，那另一个必然是威尼了，就这两人也敢来我这里撒野。去，将威尼王子来到我这里的消息告诉扎克，让他来抓人。”亨利开始盘算着他的小心思了。

威尼又开始了新的一轮叫阵：“你们几个在平台看了老

半天了，怎么还不接受挑战，难道城中没有像样点的骑士来与我决斗吗？那你们就立即归还这笔金币。”亨利开始拖延起时间：“我们接受挑战，但得让我们的骑士准备准备，他随后就出战。”他转头问管家：“长老还没有做好这个魔法药水吗？让他们快点。”随后挑选了城中一个较为骁勇的骑士。“来了来了，药水来了。淋在兵器上就可以了。”一个仆人踉踉跄跄地送来了药水。骑士拿过瓶子，将药水浇在了自己的长枪上，还有自己的佩剑上，枪刃和刀刃上开始冒出蓝色的火焰。然后他骑上战马冲出城门，来到了威尼叫阵的地方。“我可劝你不要太过嚣张了，我是亨利家族的骑士长。你是效忠于哪个家族的？我看你盔甲上并没有图徽，你不是一个真正的骑士。”骑士长嘲笑道。威尼回应：“真正的骑士是为正义而战，惩恶除奸，帮助弱者，伸张正义。”这番话让围观的人无不拍手叫好。相互挑衅后，骑士长见说不过威尼，便率先发起攻击。威尼见状也骑马加速了起来，他要把握住时机。在两人即将碰面的那一刻，威尼夹紧战马，一拉缰绳，战马瞬间跃起，随后威尼将长枪向下一压，犹如巨龙飞出，片刻之间以骑士长的战败结束了此次决斗。一些围观群众还没明白发生了什么事情，有一些则被威尼这个招式震撼了，呆住了。全场寂静了一会儿，陆陆续续爆发出掌声。在城堡平台上的亨利被威尼的这场决斗表现给吓傻了。这才第一回合，自己的骑士长就战败了，继续打的话，已经没人可以出战了。“胜负已分，你得支付这笔金币，现在就支付。”威尼对城堡上的亨利喊道。城下的人群也把目光投向在城堡上的亨利，同时举起手呐喊助威。亨利没有办法，只能乖乖地抛出一袋金币。他对城下的威尼说：“现在你把我的骑士长击败了，这个位置也就空了，你愿不愿意来担任亨利家族骑士团的统领呢？”不用想，这肯定是亨利的阴谋诡计，一般骑士长都是由族内的人担任，外人不可能担任这一职位的。因为谁当了骑士长，就要统领一个家族的骑士团，也就等于统领一个家族的主力军队。索尔赶忙捡起金币，然后望着威尼。“我们走吧，赶紧离开这里，不知道这亨利又要耍什么阴招。”威尼谨慎地说。两人立即策马奔向礼仪小镇。亨利见这样的职位都吸引不了威尼，有些气急败坏。当然了，像亨利这样的人，吃了这样的亏，肯定不会就此罢休的。“赶紧派人偷偷跟上，看看他们往哪里跑，然后回来告诉我。”亨利重重地扔下酒杯，气愤地说。

“我们回来啦，胜利归来，带着荣誉归来。”索尔大老远地就喊着。“谢天谢地！平安回来就好，有没有受伤？”史蒂夫太太连忙说。卡莎担心地看着威尼，左看看右看看，生怕他受伤了。“哎呀，当然没有受伤，好得很呢！”威尼得意地说，然后让索尔拿出要回的金币。“看，我们把金币要回来了，这就给丽莎夫人送去，她一定会很高兴的。”威尼说道。“你们太了不起了，居然真的要回了这笔金币。这下丽莎夫人的房子终于可以翻新了。”史蒂夫太太高兴地说，替丽莎夫人感到开心。“那是，还是威尼厉害，他和对方的骑士长决斗，一个回合就把对方挑飞了。”索尔在一旁绘声绘色地描绘威尼是如何赢下这场决斗的，又是何等威风。

威尼三人再次来到丽莎夫人的鞋店。“你好，亲爱的丽莎夫人，我们帮你要回这笔金币了。”威尼庄严地向丽莎夫人行了一个骑士礼并说道。丽莎夫人看着第二天就带着金币归来的威尼，既感动又惊讶。丽莎夫人问：“你们是怎么拿回这笔金币的？怎么这么快就能拿回来？”“他向亨利发起决斗，为正义而战。作为七大家族之一的他们一定会接受挑战。然后威尼冲过去，一枪结束了决斗。”索尔又绘声绘色地向丽莎夫人描述经过。“没有像他说得那么夸张，别听他乱说。我就只是履行一个骑士应尽的职责而已。”威尼说。“太感谢你了，尊敬的骑士，我都不知道该如何感谢你，只能一直说感谢。”丽莎夫人已经湿红了双眼，“这段时间我实在是太苦了，一直不断地上诉，可都没有得到任何答复，到后来我都不抱希望能拿回，只能承认命运的艰苦。没想到遇见了你们，今天还帮我拿回金币了。这一定是上天的眷顾吧。”丽莎夫人失声哭了出来。卡莎小姐赶忙上前安慰丽莎夫人。威尼看着丽莎夫人这样子，也不由得心疼了起来。

亨利派来的眼线把这些都看在眼里，留下一个继续盯着威尼他们的动静，另一个赶紧回去向亨利汇报。看样子，他们是想对威尼一行不利了。

索尔突然说道：“我们让亨利吃了这个亏，你说他会这样就算了吗？”他的担忧不无道理，因为之前的亨利可是会耍小手段的，当时还到处抓捕他们。要不是他们逃到了矿场，可能就没有这个冒险旅程的后续了。“你考虑得对呀，我们也赶紧离开这里，不要到时连累了小镇的人。我们现在回去辞别史蒂夫太太，然后收拾东西马上走。”威尼说。“这么着急吗？不留下来吃顿晚餐再走吗？”丽莎夫人说。“不了，亨利肯定不会就此罢休的，他一定会来抓我们的，我们要赶紧走。如果可以的话，你们也离开这里吧，我怕他会来找你们麻烦。”威尼担心地说。他说完又有些无奈，因为他虽然帮忙拿回了这笔金币，但同时担忧这样会害了丽莎夫人一家。“啊，还会这样子吗？那行吧，我们也收拾东西离开吧，但是我们能去哪儿呢？唉，这样还不如不拿回金币。”丽莎夫人叹气地说，本来很是欢喜的她再一次陷入了惆怅。“要不……你们就和我们一起回莉娜家族的农庄吧，去我们莉娜家族的领地。那里安全一些，与中部大平原没有太多的联系。”威尼说。“可是，我们这么多人会不会拖累你？我也不想因为这事给你们带来杀身之祸。”丽莎夫人说。“没事，现在事情已经发生了，我们一起回莉娜家族的农庄吧。你们有这笔金币，可以在那里安家，那里的人也很善良的。莉娜小姐是我的姨母，是整个家族地位最高的人。放心吧。”威尼说，“你们先收拾，我们回史蒂夫太太那儿收拾好自己的行装，然后过来帮你们。不用带很多的东西，轻装上路就行了。”既然威尼也已经说到这分上，丽莎夫人也就答应了。

威尼他们先回到了史蒂夫太太的糕点店，收拾好自己带来的一些东西，然后骑马来到马夫家，看看有没有多出来的拉车。“嗨，你好，马夫先生，我们来打扰你了，你这里有没有多出来的拉车？”威尼试探性地问。“怎么，是想和我一样过起马夫的生活吗……”马夫开着玩笑，“还是说要带着丽莎夫人一家一起逃呢？”“你是怎么知道这些的？”威尼十分震惊。“你们打败了亨利的骑士长，这消息一下子就传开了，又要回了丽莎夫人的金币，是不是？就亨利这人，肯定不会就此罢休的，一定会找机会进行报复的。”马夫不紧不慢地说着，脸上露出的神情似乎在期待威尼三人的夸赞，夸赞他聪明，什么都知道。“真是被你说中了，确实是这样的。我们害怕亨利会对丽莎夫人不利，所以才叫他们跟我们一起离开。”威尼说，“既然你什么都知道了，那就请你帮帮忙。”马夫拿起酒袋喝了一口，一脸无所谓地说：“好吧，正好我以前那辆旧的拉车还在，它差一点就被我拿去劈了当柴烧了。你们把那辆新的拉走吧。我就一马夫，每天拉点东西去城里而已，拉车也不需要多么好看。”“真是太感谢了！这样吧，我们留下一些金币，当作是跟你购买这辆拉车。”威尼说着，便在兜里掏金币。“不用了，不用了，你们几个很勇敢地为弱者发声，一辆拉车而已，当是我出一分力。金币你们留着以后用吧，再来到我们礼仪小镇时，把这里当成家就行了。不过我闻着你的酒袋还挺香的。”马夫笑眯眯地看着威尼的酒袋。威尼一下子就明白了马夫的意思，他们几人哈哈大笑了起来。“这还不容易吗？酒就送给你了，这可是我们在威尼领地买的纯酿葡萄酒哟，酒味醇正。”威尼笑着说。

他们弄到一辆拉车后，出于搭载人数的考虑，还有拉车的重量，决定用索尔和卡莎的马来拉车，威尼则骑马，穿上盔甲担任保护的工作。他们将拉车和马拴紧后，就前往丽莎夫人的鞋店。到了店门口，卡莎喊道：“丽莎夫人，我们来接你们啦。”“这么快，好好好，马上来啦。稍等一下，很快就好。”丽莎夫人回应道。过了一会儿，她便带着孩子们上了拉车。索尔则担任起了马夫的角色。一切准备就绪后，他们便向巴拉克山脉前进，只要越过山脉，就离莉娜家族的农庄不远了。

第十五章

※

现在队伍人多了，旅途上也更加热闹起来，但前进的速度自然也慢了下来。慢下来有时也不是一点好处都没有，他们可以好好地欣赏沿途的风景，只是前面的路途也不安全，时而担心是否被追捕，时而得考虑食物的量……这样子赶路，多少会忽视路上的美景。离开中部的大平原，越往南部走，人口数量越少，而没有什么人来到这里开拓，自然风景也就保留得越完好。他们会路过绿油油的草坪，还会进入茂密的森林，也会遇见小溪、小河，还有小木桥……对比现在看到的这些景色，威尼的感觉是北部的景看起来偏粗犷，南部的景则偏细腻。为什么这么说呢？现在一路的景色不像在北部看到的那广阔的一片草地，河流也不像北部那样子宽阔，这里的河流大多由许多的小溪、小河交汇在一起，形成一张网，覆盖在南部的地面上。南部的森林虽然茂密，但是不像北部的树林那样高大，南部的树是比较低矮的。南部的石头看起来都是小石块，不像北部都是大石块，当然南部也有大石块，但是得在山上才可以看见。

很快，他们就走到巴拉克山脉脚下了。“越过这个山脉，我们就快到了莉娜家族的农庄了。”威尼兴奋地说。他想：很快就可以见到姨母了，她一定非常想念我吧。索尔也很是激动，因为他也很想念自己的父亲。他们都迫不及待地想让农庄的人，让领地的人看看他们现在这英俊、威风凛凛的模样。他们如勇士一般回归了。索尔想：到时一定可以吃玉米饼吃个够。管它稀有不稀有，现在他已经会制作治疗的魔法药水，所以他可以改变玉米饼的稀有度，让大家都可以吃到这美味的东西。他现在不用用很多的玉米进行提炼就能制作出有治疗功能的玉米饼，他要为莉娜家族带去新的魔法知识。“这么快就到了吗？这路上不像你们说的那么危险呀。”卡莎说，“唉，快到了，我怎么突然感觉有些紧张呢。”丽莎夫人听卡莎这么一说，也突然有些紧张起来。她一个人带着两个小孩子来到陌生的地方，紧张也是难免的。威尼见状，赶紧安抚她们：“没事的，那里的人都是很热情的。我们那儿都是过着与世隔绝的生活，你们的到来，他们一定会很乐意和你们交朋友的。他们也可以向你们了解外面的生活是怎么样的。你们也可以给他们带去新鲜的东西，他们一定会很尊重你们的。放心好了。”听了威尼的话，卡莎和丽莎夫人也放松了一些。

来到上山的路，拉车就比较艰难了，他们只好把拉车留在了山脚下。“索尔，你帮它盖一个芭蕉叶帐篷吧，让它在里面休息着，以后我们出来的话，需要的时候说不定还可以用到。不然我们以后也可以把它拉回去还给马夫。”威尼说。“可以，这个主意不错。”索尔便用魔法搭起一个他们经常住的芭蕉叶帐篷，然后将拉车推进帐篷内。丽莎夫人的两个孩子，其中一个年龄较小，不太会走山路，考虑到威尼身上的盔甲挺沉重的，索尔便背着他。威尼和索尔让卡莎及丽莎夫人带着年龄稍大一些的女儿骑马，然后用第三匹马来载他们的行装。这两个孩子挺懂事的，路上没哭闹。从小没有了父亲的他们，知道自己的母亲很辛苦。女孩会帮母亲制作鞋子，一起维持着生计；小男孩则尽量自己照顾好自己。姐姐也会帮着母亲照顾弟弟，不让丽莎夫人操心太多。威尼和索尔、卡莎也十分疼爱这两个孩子，威尼会给小男孩讲骑士的故事，卡莎会教女孩怎样做饭，让她以后能帮母亲分担家务。索尔还会用魔术逗两个孩子笑。他们一路上非常欢乐，不知不觉就到达目的地了。威尼开玩笑说："你们不知道，我们刚开始出发那会儿，在走这段路程时，我最怕上山了，因为索尔会一直在我耳边叨叨个没完，然后走的速度又慢。现在好了，他长大了一些，有责任感了。他现在变成一个优秀的绅士了。"大家纷纷笑了起来。"当然了，你们肯定会有改变的。我还记得当时刚进小镇时的那个流言。你们刚来不久，有人就在说镇上来了两个很不礼貌的人，他们一路走进镇里，都不和别人打招呼和行礼。"丽莎夫人笑着说道。"哎呀，我们那时刚出这大山，外面的世界，小镇的规矩，这些都不懂啦。不过之后我们去了很多的地方，各地的规矩都不一样。要是这些全部都融合在一起的话，我相信所有人都会变得更好。"威尼说。"这个会很难的，是几乎不可能的事情。他们能拥有其中一种良好的品质，我就觉得很好了。如果一个人可以兼顾这么多的话，那他一定是一个真正的骑士，即使没有爵位。”索尔说。“哦？你不是一直想要爵位来改变自己的地位吗？现在居然说骑士没有爵位也没关系。”威尼很意外地说。“现在我也明白一些道理了嘛，你在成长和进步，我也会成长和进步，我跟在你身边也会学习到一些东西的嘛。”索尔有些羞涩地说。丽莎夫人不忘教育两个孩子：“你们要学习这两位哥哥的优秀品质，知道吗？”他们跋山涉水，闯过树林，终于来到猎人的小屋了。到了这儿，几乎就快到莉娜家族的领地了。

小木屋的门还是像以前一样半开着，有了上次的教训，这次威尼和索尔小心了许多。“大家都小心点，这是猎人的家，虽然会有很多的陷阱，但大家放心，他人很好的。”威尼提醒着大家。可他刚说完不久，一声“哎呀”的惨叫声传来——索尔又给吊起来了。好在威尼及时接住了小男孩，小男孩才不会摔倒在地上。这可把丽莎夫人吓了一跳。“谁啊？”猎人拿着把斧头，气势汹汹地走了出来。“我们，我们，威尼和索尔。”威尼赶忙说。“哟，原来是你们啊，我还以为是谁呢。你们居然回来了。你穿着这身盔甲，挺威风的呀，有我当年的风范。”猎人满意地说着。看着另外几个人，猎人问道：“这几位是……”“哦哦，我介绍一下，这是卡莎，是我要保护的人。这是丽莎夫人，还有她的两个孩子。我们要带他们一起去莉娜家族的农庄。”威尼赶忙介绍起来，“这是猎人，他以前也是一位骑士，但因为不想参与战斗了，便藏在这山上当起猎人。”丽莎夫人很优雅地给猎人行了礼。猎人看着这么优雅的丽莎夫人，一下子正经了起来，还行了个在他记忆里尘封许久的骑士礼。猎人突然正经起来，让威尼和索尔一下子愣住了：这和印象中的猎人很不一样啊。“丽莎夫人，遇见你是我的荣幸。我是洛克骑士，欢迎大家来到我这简陋的家。大家里面请吧。”猎人邀请大家进入屋中。“别忘了我啊。”索尔还被吊在树上，无奈地喊着。猎人笑呵呵地把索尔放了下来，然后大家一起进屋说话去了。

突然来了这么一大群人，本就不大的小屋一下子就坐得满满的，索尔只能坐到门口处了。“你们这一路都经历了什么啊？”猎人问威尼。威尼自豪地讲述这一路遇到的奇妙经历，矿洞的地图、穿越枯树林、爬北极雪山、骑巨龙……总结起来就是伸张正义、帮助弱小。这一顿说让猎人觉得威尼在吹牛。“你小子说的这些是真是假，过几招我便知道了。不要以为穿上这盔甲，就能把我唬住了。”猎人说道，“你的剑法还是我教的呢，我得来检验一下你现在学到哪里了。”“来就来，你可要小心点了。”威尼丝毫不客气地对猎人说。“怎么刚来就动刀动枪呢？”卡莎着急地说。“不用怕，他俩这倔脾气一直这样。他们是在比试剑术呢，习惯了就好。”索尔则不慌不忙地拿起从礼仪小镇带来的方糕，边看边吃了起来。“这把巨剑还是给你用吧，我用卡莎手里的那把细长的剑就可以了。”威尼说完，便来到卡莎面前。卡莎把剑递过去，威尼接过剑。他们各自摆出姿态，开始了。拿着巨剑的猎人显然不可小视，这挥剑的方向，还有力度，招招狠辣。威尼现在也不是什么小角色了，不会像以前一样硬扛着猎人的攻击，虽然现在的他就算是硬扛也没关系，因为他身上的盔甲足以保护他不受这些普通刀剑的伤害——根本砍不进，刺不穿。猎人现在可能还不知道这盔甲的防御力有多高，被蒙在鼓里呢。威尼躲过猎人的每一个攻击，现在轮到了威尼进攻了。他在闪躲猎人的攻击时，用剑灵活地刺、挑、划，频频点中猎人的衣服。猎人看准时机，挡住威尼的攻击后，一个撞击，将威尼撞退了好几步。这下终于攻击到威尼了。“小子，当心点啊，不能大意了。”猎人挑衅地说。“看来得认真一点了，不然还是让你看扁了。”威尼说道。他调整了节奏，一个探步，躲过猎人的攻击后，趁猎人更换攻击方式的空当，快速地径直刺向猎人的脖子——胜负已分。猎人大笑了起来：“好家伙，被自己的学生打败了。你的剑法确实进步很大，你还新创了招式。”威尼谦虚地说：“这也是你教得好呀。”“好了，好了，别再这么客气了。今晚吃烤肉吧，正好今天打了一头野鹿，够我们这么多人吃了。”猎人说，“你带这位卡莎小姐去摘点野果什么的吧，用来当我们的餐后水果。”威尼纳闷地对猎人说：“你什么时候变得这么享受生活的呢？居然还要餐后水果。”“这不是有客人嘛，还有这么优雅的夫人在这儿。

快去快去，别问那么多。”猎人边说边赶走威尼，然后自己开始准备晚餐。

威尼对这里的林子很熟悉，毕竟他以前在这儿住过一段时间，很清楚猎人布置的陷阱在哪里，还有布置陷阱的手段。他紧紧地牵着卡莎的手，时刻提醒着她小心脚下可能会出现的凹陷路面，还会告诉她哪些野果是可以摘的，哪些是有毒的。卡莎也很认真地学习着，记下威尼讲的内容。等他们摘了满满一篮子的野果回到小屋时，已经到了快日落的时间。“我还以为你俩遇到什么危险了呢，到现在才回来。”索尔调侃着威尼。“有我在，能遇见什么危险。这么多人，我们肯定要多摘一些才够吃嘛。”威尼说道。“你们就别斗嘴了，快来准备烤肉吧。我知道你小子肯定有带酒，这次别想喝我的了。”猎人对着威尼说，然后看向他的酒袋。“这都能被你发现。”威尼惊讶地说。他只能拿出珍藏的葡萄酒。猎人也早已把肉切好。他还为优雅的丽莎夫人考虑周到，将多年未使用的餐具都拿了出来，洗刷干净。“你居然还藏有这些餐具，为什么我们以前在这儿时没得用。”威尼问。“你当时就一小鬼，懂什么叫优雅？丽莎夫人才配得上‘优雅’二字。”猎人说完，还不忘害羞地偷偷看了一眼丽莎夫人。丽莎夫人被猎人这么一夸，偷偷地扬起了嘴角。看着这待遇，还有猎人对待丽莎夫人的态度，威尼多少也明白了他的心思。威尼笑眯眯地说：“哎呀，尊敬的洛克骑士，要不你到时也和我们一起回农庄得了。你在这林中一个人的，也很无聊嘛，要是以后你老了或生病了，没人照顾也是很难受的。”猎人回答：“哼，我不用你管，我喜欢待在这小屋，我感觉这里很不错。天天吃肉，快乐得不得了。”他说完还不忘撇撇嘴，做了个小鬼脸逗孩子们笑。这一屋子的人在一起吃着烤肉，聊着天，时而唱起歌。

深夜，威尼起床，走出屋外准备解手，看见猎人独自坐在院子的木头庄上，喝着小酒，看着星星。他也走到猎人身边坐下，拿起酒喝了一口。威尼问：“想什么呢？一个人坐在这儿。”猎人叹了口气说：“只是在想，一个人生活久了，突然身边出现这么多人，还挺开心的。”猎人开始数起了星星。“一个人生活确实挺自在的，但其实你也可以选择和我们一起走的。你一开始是被迫跑到这里独自一人生活，我们一起回农庄不好吗？”威尼劝着猎人。“我只是怕去到那里没有什么作为，在那儿习惯不了种地的生活。”猎人有些失落地说道。威尼还是第一次看见这个高大威猛的猎人也会有害怕的事情。“你以前也是一名骑士，我们农庄那儿没有什么骑士的，你可以和我一起保卫农庄。那里的人一定会很欢迎你的到来的。”威尼说，“像你这么厉害的，去到我们那里当骑士，保护农庄，说不定到时候还可以迎娶一位美丽的妻子呢。”听了这话，猎人脸红了起来。“你的脸怎么红了，该不会到现在还没有碰到喜欢的人吧？”威尼笑着说道。“你懂什么，我以前是一位骑士，只想着如何保护大家。身为骑士。我一直肩负着正义的使命，没有什么空闲时间。”猎人不好意思地说。“行行行，是我肤浅了，你为正义也行，为喜欢的人也罢，和我们一起回农庄，说不定都能办到呢？”威尼使出浑身解数，总算说服了猎人。“糟糕，今晚还没喂马呢，只顾我们自己玩了。我先去喂一下马，不然明天得马骑人了。”威尼开着玩笑说道。

第二天早上，大家陆续醒来。昨晚因为玩得太高兴，大家在一些干草上和衣而睡，连烤炉里的火都没有扑灭，幸运的是火苗没有很活跃，否则点燃整间屋子，那一干人等都要成为烤肉了。他们开始收拾东西，准备走剩下的这一小段路程。索尔看猎人也跟着在收拾起来，好奇地问：“你怎么也收拾起东西了，要和我们一起回去吗？”“不行吗？”猎人凶巴巴地说。“行行行，没说不行。”索尔吓得赶紧跑开。当丽莎夫人走来时，猎人赶紧收起自己刚刚那凶巴巴的表情，说起话来也变得轻声细语。“我向大家说一下，我正式邀请猎人到我们农庄担任骑士一职，和我一起保卫莉娜家族的农庄，保护莉娜领地不被入侵。”威尼说道。“好呀，你说什么就是什么，反正我都是跟你走的。”索尔还是那句话。其他人自然也没有什么异议。准备工作做完，他们便出发了。当路过五彩缤纷，宛如仙境般的花海时，卡莎和丽莎夫人，还有两个孩子都沉醉在这片美景之中。以前那条深不见底的沟壑上也建起了一座木桥。威尼和索尔对上一次越过这沟壑还有着很深的印象，毕竟那时索尔差一点就成为这里的孤魂野鬼了。再次穿越奇幻森林，对现在的威尼来说已经没有印象中那么恐怖了，而那些长相多怪的树木对他而言已经也不再是以前幻想出来的树怪木妖了，现在的他早已不怕这些妖魔鬼怪了。最后，他们顺利地穿过那片遮天蔽日的玉米林。

当威尼和索尔等人出现在农庄时，这里的农民有些认不出这两个出去冒险的人了，还以为是入侵的外来人。威尼身穿盔甲，手持长枪，别人自然认不出来。但有一个农民远远地认出了索尔，大喊起来："这不是索尔吗？他回来啦。"他一路大喊起来，往莉娜城堡的方向跑去："索尔回来啦，还带回了一帮人，大家快出来啊。"他这么一喊，可把索尔吓坏了。"别乱喊啊，别乱喊啊，我这刚回到家，被你这么一喊，我又得挨揍了。"索尔着急得乱跳起来，然后赶紧追了上去。威尼他们看着这一幕，被逗得哈哈大笑。那个农民居然把一小队卫兵给喊来了。威尼赶紧取下头盔，说道："是我，威尼，我回来了。"领头的卫兵皮尔斯仔细看了看，说："还真是你啊！威尼回来啦！还穿着很威风的盔甲，比叔叔我这盔甲威风多了。快走快走，跟我回城堡，你姨母可天天念叨你呢！"皮尔斯马上为威尼等人带路。

来到城堡，莉娜看见威尼的变化，有些不敢相信，因为在她看来，威尼没过多久就会回来的，没想到这一去就是四年多。看着身穿龙鳞盔甲的威尼站在自己面前，英姿飒爽、威风凛凛的，她顿时红了双眼。威尼看着自己的姨母，发现她好像憔悴了，脸上出现了皱纹。他缓缓地走到莉娜小姐跟前，单膝下跪，说道："尊敬的莉娜小姐，我威尼，对您宣誓将永远效忠于莉娜家族，守护莉娜领地。""快起来，快起来，先不说这个，我们先好好聊聊。姨母想听听你这些年走过哪里，我还没有去过太远的地方呢。"莉娜说道。"那就先安顿一下我的朋友们吧，这些都是我在旅程中遇见的好朋友。"威尼说，"皮尔斯叔叔，这几位都是我的伙伴，请你帮忙为他们安排一下住处。他们想在这里定居下来。""快，快，照着威尼说的去做，然后去准备晚餐，我要宴请威尼的朋友们。"莉娜马上吩咐道，"管家，赶紧安排安排，你家索尔也回来了。""对对对，哈哈哈，准备起来，把玉米饼都弄上来。"索尔说道。"你刚回来就乱讲话，是不是又想要挨揍了？"管家冲着索尔喊。"不怕，我现在和以前不一样了，不是以前懦弱的索尔了，我懂魔法了。"索尔说。"你可别了，你有几斤几两我还不知道吗？就你还懂什么魔法。"管家说道。"父亲，你别小瞧人了。现在的我能制作治疗药水，而且不用使用很多的玉米就能做出有治疗效果的玉米饼，可以拿玉米饼来充饥了。"索尔说完，便开始展示起他的治疗药水。他看见站在一旁的一位患有多年咳疾的长老，于是让他喝下一瓶。不一会儿，这位长老还真的好了许多。"看吧，现在有了这个，我们也不用费很大的劲儿搞玉米饼了，可以拿玉米去卖了换成金币。农庄也可以变得富有起来。"管家看完索尔这一套操作后，呵斥他说："你在乱安排什么？"又赶紧给莉娜赔不是，说：

“莉娜小姐，索尔他有些自作主张，冒犯到您了，请您不要见怪。”“没事没事，我觉得索尔说得挺有道理的，以后就让他担任莉娜家族的魔法长老吧。等你以后老了，他可以接替你的管家位置，授予莉娜家族男爵的爵位。”莉娜说道。管家和索尔都惊呆了。“还不赶紧感谢莉娜小姐！”管家激动地说。“尊敬的莉娜小姐，我，索尔，对您宣誓将永远效忠于莉娜家族，守护莉娜家族领地。”索尔同样激动地说道，流下了眼泪。一旁的威尼投来羡慕的目光。“那我呢？我是骑士，我想守护莉娜家族。”威尼着急地说。“你的晚点再说吧，先准备晚宴的事吧。”莉娜说完，便回了自己的寝室。

威尼很是纳闷，来到以前经常玩耍的那块大草坪，躺在草坪上想：自己这样威武，还成长得这么好，学习到了骑士精神，为什么姨母还不给自己授予封号和爵位呢？他想在盔甲上刻上莉娜家族的图腾，想守护莉娜家族的领地。索尔偷偷地跟在威尼身后，明白威尼此时在想什么事情。他现在也不好过去安慰他，因为他也不明白为什么威尼没有被授予爵位。“我去看看他吧。”卡莎说道。索尔见卡莎走过去，自己就先回城堡帮忙准备晚宴了。这里交给卡莎，他很放心——他见卡莎大多时间都在陪伴着威尼，也明白其中的奥妙。卡莎小心翼翼地摘取一朵蒲公英，轻轻地一吹，蒲公英的种子飘到了草坪上空，飘到了威尼的脸上。“嗨！在想什么呢？我的骑士。”卡莎坐到威尼旁边说道。“唉，没什么。让我一个人静静地待会儿吧。”威尼有些沮丧地说，把脸侧向一边，不理睬卡莎。“哎呀，我知道你在想什么啦，但无论如何，你都是我心中的骑士。我不需要你是什么贵族、骑士，只要你守护着我，你就是我心中的那位骑士。”卡莎靠近威尼的耳边，悄悄地说道。“我知道你在安慰我，但是我想成为一个堂堂正正的骑士。这也是我一生的追求与向往。我现在好像迷路了。”威尼说。“对啊，一生的追求，那么现在你的一生走完了吗？骑士也具备着无所畏惧的精神呀，是不会被这样打倒的，对吧？你要是迷路了，我就提着灯来找你，或者偷偷地在树梢挂上灯，引导你回家，这样你就不会迷路了。”卡莎说。听完卡莎的话，威尼思考了起来：“你说得好像有道理。那这么说，我还没有真正拥有一个骑士该有的品质。对，你说得没错，不可以因为这样子就沮丧，骑士精神是打不倒的。谢谢你陪伴着我，开导着我，我现在明白了。”威尼翻起身，重新振作了起来，他的心情一下子好了许多。晚风吹过，草坪附近的一小片蒲公英的种子被带到了空中，飘向远方。它们随着风到一个新的地方落脚，自由地生长。它们有着坚强不屈的意志，虽然被风安排着命运，被外来因素影响着，但它们总会落地生根，努力地面对新的生活。

晚宴开始了，威尼挨个儿给莉娜介绍他的伙伴，还有分享和他们之间发生的故事。“丽莎夫人，还有两个小朋友，你们是否愿意留在我们莉娜领地呢？在这里你们可以安心地生活，这里几乎是与世隔绝的地方，不会有什么人来打扰你们的。”莉娜很端庄地征求他们的意见。“真是非常感谢您，莉娜小姐。”丽莎夫人很优雅地说。不得不说，莉娜真的是一位善良又端庄大气的贵族。她的行为举止、语气动作，都十分优雅，就连优雅的丽莎夫人也对莉娜非常尊敬。或许她俩以后会成为很好的朋友吧。“那洛克骑士，你是否愿意受封为骑士，但不授予爵位，留在莉娜领地呢？”莉娜问道。“这是我的荣幸，亲爱的莉娜小姐，我宣誓余生效忠于莉娜家族，守护莉娜领地，为您而战。”猎人说道。“卡莎小姐，你就住在城堡里吧。”莉娜说完，示意大家可以开始用餐了。威尼干巴巴地看着莉娜这一波安排，心里很是难受，但他尽量忍住，不表现出自己的沮丧。威尼以为下一个受封的人可能就是他了，但莉娜对威尼期待的只字未提，只是让他多吃一些。看他都饿瘦了，莉娜很心疼，还让管家为他多准备一些肉。

晚饭过后，莉娜将威尼叫到了城堡的大平台上。“这一次你回来了，我相信在外面你可能也知道自己是哪里的人了。你现在长大了，也不该瞒着你什么事情了。”莉娜叹了口气，“你是威尼一世的儿子，你拥有继承维尔王国王位的资格，是整一片大陆未来的国王。我一小小的莉娜领地，怎么能授予你爵位呢？请你原谅姨母的自私吧，一直都不告诉你真相。”威尼不敢相信这个事实。“姨母该不会是不愿意给我爵位，才说出这个来骗我的吧。你不是说我父亲是一位骑士吗？虽然我在威尼领地时被骑士团追捕过，但是也不会夸张到我可以继承王位吧。”威尼说道。“你的父亲的确是一位骑士。他征战大陆，和老国王一样想着团结起大陆的各个家族。可是他被自己的弟弟扎克，也就是现在的维尔王国国王夺了王位。所以你在威尼领地时被认出来，他才会派兵追杀你。你长得和你父亲简直一模一样。”莉娜说道。“但是我不想要什么王位，我只想成为莉娜家族的骑士，守护莉娜领地，陪在姨母身边啊。”威尼说道。这个事情让威尼有些不知所措，因为他不想离开这个陪伴他长大的地方。他如果想要爵位的话，就只能回去继承那个王位，因为没有哪个家族能够授予爵位于他，因为他有维尔国王的血脉：塔亚大陆统一时，所有家族一起施下魔法，承认只有威尼一脉能成为国王，不可以由其他家族受封爵位。扎克那一代已经承认了威尼一世为国王，所以扎克以及其他人都不会被承认，所以这也是导致塔亚大陆再次分裂的一个因素。

莉娜给威尼讲述完后，回到寝室偷偷地哭了起来。她也很舍不得威尼，但是她又不能留住威尼，在听到威尼说想陪在自己身边时，她的内心就已经很满足了。莉娜不敢奢求那么多，只能珍惜现在威尼还在自己身边的每一天。今晚注定是一个难眠之夜，威尼和莉娜都在想很多事情。莉娜留恋着的一个从小抚养到大的孩子终究要离开自己，威尼在想未来的路与陪伴之间要如何选择。对威尼来说，他的梦想是要成为一个内外兼修，奉行着心中骑士精神去不断探索，即使有危险也要勇敢去面对的骑士。对莉娜小姐来说，她是会有留恋与不舍，但她自己也明白，她不能去阻挡威尼前进的脚步，威尼要靠自己的奋斗去拿到属于自己的东西。

第十六章

※

坦白秘密后的莉娜看起来也有些轻松，感觉没有像以前那样忧心忡忡、郁郁寡欢了，脸上的笑容多了不少。反观威尼，他像成长了不少，已经不像以前那样子欢乐活跃，一副小孩子模样。索尔还以为威尼因没有受封而不开心，卡莎看着威尼这样子，也不知道如何去安慰他。猎人又成为一个骑士，腰间别着剑，和皮尔斯一起巡视着玉米林，守卫着莉娜领地。猎人和皮尔斯也时不时邀请威尼一起去巡视莉娜领地，威尼去是去了，可就是怎么也提不起那个兴趣。所有人都在尽量地照顾着威尼的情绪，威尼也知道自己继续这样子不好，尽量地在掩饰自己的不开心，不想让大家为他担心。可是他越这样演，别人看着就越难受。特别是索尔，现在都不敢和他提到有关骑士的事情了，以前威尼可是一直和索尔在聊这个，而索尔在魔法书中学到什么可以帮助威尼的，也会很开心地和威尼说。

这样平静的日子，没有维持太久。一天，皮尔斯和猎人外出巡视时，来到了玉米林与奇幻森林接壤的地方。这时，他们发现林中有几个面相凶恶、眼神涣散的塔克人。他们像是在搜寻什么，四处探索着。“这些人想要干吗？他们快要进入莉娜领地了。”猎人说。“我们先看看吧，看他们想干吗。”皮尔斯回应道。这几个塔克人绕出了奇幻森林，直逼玉米林，越走越近。皮尔斯此时站了出来，问道：“你们几个想干吗，怎么找到这里的？”谁知塔克人什么都没说，直接举起手中的斧头就向皮尔斯头上砍去，好在猎人及时举起剑挡住了这个攻击。他们瞬间展开搏斗。最终，猎人与皮尔斯获得胜利，但他俩也受了伤，身上有多处被刺伤或砍伤。

这个消息震惊了莉娜领地的人。这么多年，很少有外人来到过这里，只有极少数人出去或者进入。以莉娜为首的族长会议在议会大厅召开，莉娜同意威尼带猎人、卡莎、丽莎夫人入场旁听，因为一般这种会议，只要他们在领地内，都有知情权。会议刚开始，所有人议论纷纷，说这些人会不会是威尼带来的，毕竟威尼带回这几个外人不久后，就发生这样的事，他们觉得有些蹊跷。其中一个长老认知道这些入侵的人，说道：“这些是塔克人，他们贪婪，不劳作，只会抢夺别人的东西，但是他们为什么会来到这里呢？我们有巴拉克山脉挡着，有万丈深渊的沟壑隔着，还有奇幻森林掩护着，他们怎么可能找到呢？更何况塔克人在三十多年前就被赶到乌尼雅斯山脉以西了，还被魔法枯树林囚禁着呢。”“是啊，是啊，长老说的对啊，可为什么呢？”大家纷纷觉得这些塔克人可能是被威尼引到这里来的。“安静，大家安静，听我说。”莉娜喊道，“这一定不是威尼引来的。他从小在这里长大，他是什么人，我一清二楚。他想守护着莉娜领地，所以我相信他是不会带人入侵自己的家园的。”“莉娜小姐，你这也没有什么凭据啊。我们都知道他是克鲁斯带来的野孩子。”突然，一个长老有些激动，一时嘴快，把这话说了出来。全场骤然安静了下来。旁边的长老拍了拍他，示意他不要再说下去了。他也意识到自己说错话了，无奈地叹了口气，走出了议会大厅。索尔本来就知道这事儿，所以没有什么反应，但是猎人、卡莎、丽莎夫人却有些被震惊到，似乎听见了什么不该听的东西，有些不知所措。虽说领地的人都知道威尼是克鲁斯带来的孩子，但是他们并不知道威尼的身份。莉娜看这情况，决定将威尼的身份说出。威尼现在也长大了，学会了剑术、马术，还有着优秀的品质，已经实实在在地拥有当骑士的资格了。现在，应该是让他的身份公之于众，让他走出莉娜领地，回去拯救塔亚大陆的时候了。他本身优秀，又拥有威尼一世的血脉，自然会得到很多家族的追随。

“威尼不是什么野孩子，他是威尼一世的儿子，是当初在城堡混乱时被救出来的王子，有着维尔国王的血统。”莉娜小姐很严肃地说。议会大厅内发出一阵阵议论的声音：“真的假的？”“那个王子不是出生不久就夭折了吗？”“莉娜小姐不像是会说假话的人。”莉娜马上命人取出当年克鲁斯的魔法杖和威尼刚来到时戴在身上的项链，这条项链是唯一能证明威尼身份的东西。她对众人说：“这是当年戴在威尼身上的项链，坠子背面就刻有‘威尼一世’的字样。这是老国王临终前从脖子上取下来，戴在威尼身上的证物，为的就是证明威尼的王子身份，加上克鲁斯的魔法杖，这两样东西合在一起，足以证明。”

大家都沉默了。莉娜小姐接着说：“现在大家知道威尼的身份了，我也不敢强留。威尼想要怎么做，都是他的选择，我尊重他的意愿。至于我们，以前的祖先留下的诺言，莉娜家族世代支持。也只追随威尼一族。虽然我们莉娜家族不是很强大，但是我们会尽能力去支持威尼一族。”“这也是莉娜小姐的意思，希望各位长老也是这么想的。”管家替莉娜小姐说。“现在塔克人能入侵到我们这里，可见现在中部大平原可能已经很混乱了，一定有很多地方爆发战争。”莉娜推测道。“姨母推测得很准确，我在冒险的途中就遇见塔克人很多次。他们要么抢东西，要么偷东西，尽干坏事。”威尼说道。“对对对，我可以做证。当时在北部村庄时，好几个塔克人来到我们村里偷东西，偷不成还想杀人呢，幸好有威尼他们在。”卡莎赶紧为威尼证实。索尔也跳出来说道：“对啊，对啊，我有一次骑着马与他们擦身而过，瞬间就被他们拉下马，还差点被抢走身上的金币。好在威尼一个人就解决了那三个塔克人。”他们的话也引起了其他人的注意。“好小子，我和皮尔斯两人对付五个塔克人就已经挺吃力了，还被砍伤刺伤，你一个人就可以对付这么多个，果然有着威尼家族的骑士血统。”猎人哈哈地笑着说道，“我以前追随过威尼一世，他在战场上英勇无敌，所向披靡。难怪我怎么看着你感觉很眼熟。瞧瞧我这记性。”“我相信，如果我们一直躲在这儿的话，迟早有一天会被这群贪婪的塔克人入侵的。我们这次要主动出兵，帮助中原的其他家族一起对付塔克人。”莉娜小姐很严肃地说道。议会大厅里也出现了很多反对的声音。“我们也是遵循着以前先祖留下的规训，不参与中部的战争。”一个长老说道，“先前你收留了威尼，已经是违反了我们先祖留下的规训了。这一次还想再违反吗？如果是这样的话，那我们就得考虑重新选族长了。”“在以前的战争中，塔克人只在中部平原上争夺土地与村庄，但这次的形势不同了，塔克人是贪婪的，会无限扩张，去入侵别的家族，你懂吗？我相信北部的利亚家族不久后也会出兵的。”莉娜用很强硬的语气说道，“我也是莉娜家族留下的血脉，成为莉娜家族的族长。你们也在先父面前起誓效忠于我。怎么，现在想要换族长吗？”本来还在议论纷纷的一些人，听了莉娜小姐这一番话后，再一次安静了下来。

威尼从会议开始到现在，一直沉默着，因为他在纠结是再次走出莉娜家族的农庄，去为正义而战，还是继续待在这里陪伴姨母一生。但是现在很显然，他没有什么退路了——现在整个莉娜家族的人都知道他的身份了，他没办法逃避这个现实，只能去面对。威尼开口：“我将再次走出莉娜领地，去完成我的使命，继续接下来的人生。如果有愿意追随我的，明天就和我一起出发。”威尼坚定地说道。“如果没有什么其他意见的话，那么我以莉娜家族族长的名义宣布，莉娜家族履行誓言，追随拥有威尼家族血脉的威尼二世，派出一支军队，包括骑兵，协助威尼加入战斗。”莉娜说道。猎人看着莉娜，莉娜明白他的意思，说道：“去吧，你也追随他去吧。”“我，洛克骑士愿意继续追随威尼家族。”猎人高声说道。“我，索尔，莉娜家族的魔法长老、男爵，愿意继续追随威尼。”索尔走到威尼跟前说道，“作为好哥们儿，怎么可能让你一个人去呢？我肯定是要一同前往的。”索尔和威尼碰了个拳。“真是好哥们儿。”威尼说道。皮尔斯有些想一同前往。威尼看出了皮尔斯的想法，说道：“皮尔斯叔叔，你就好好儿地替我守护莉娜领地，保护我的姨母吧。我以后回来，再陪你一起巡视莉娜领地。”然后威尼看向旁边的卡莎，说道：“你在这里等我，我回来后就和你举行婚礼。”说完，威尼吻了一下卡莎的额头。也许是因为诀别，威尼显得落落大方且果断。“我等你回来。”卡莎双眼早已湿润。卡莎以为会和威尼一起在这里生活，共度一生，没想到这么快威尼就得回到中部平原。但是她知道威尼有自己的使命，她不会阻挡威尼。今晚月色很美，月亮、星星依旧高高地挂在天空上，卡莎与威尼幸福地度过了一个晚上。

第二天早晨，威尼便穿着他的盔甲，全副武装地骑着战马，这气势确实渐渐有王的风范。莉娜派出一支军队跟随威尼。猎人与索尔两人为副手。临行前，莉娜把克鲁斯的魔法杖交给了索尔，交代他要好好照顾威尼。就这样，一支几百人的军队向中部平原前进。他们穿过玉米林、奇幻森林，跨越沟壑，越过拉巴克山脉。数面莉娜家族的紫色旗帜在风中飘扬，其中最为显眼的是一杆深红的威尼家族旗帜。“我建议先在这拉巴克山下的一片草地上安营扎寨，然后派出探骑侦察塔克人的主要进攻方向，再做决断。”猎人说道。猎人以前是追随过威尼一世的，所以对行军打战比较有经验。“行，听你的。你们几个先去打探消息。”威尼说道，“探骑已派出，其他人就在这儿安营扎寨，等待消息。再叫几个士兵到附近警戒巡视，避免塔克人偷袭。谁知道他们会不会突然出现在我们附近。”威尼拿出以前那幅塔亚大陆的地图，开始分析起来。“这是哪里来着？这貌似是整片塔亚大陆的地图吧。”猎人说道。“是的，你没看错，这就是塔亚大陆的地图。我们当时走遍大陆各个家族，就是靠着这张地图走的。”威尼说道，“依我看，亨利家族，还有卡佩家族，应该是受塔克人入侵最严重的，但是照他们的家族特点，我觉得亨利家族会叛变，以此保护自己不被塔克人入侵，还可能反过来和塔克人联手进攻其他家族。他们是出了名的不能吃亏的家族。卡佩家族将会很危险。索尔这边，则在担心用于治疗的魔法药水所剩不多，不够整一队人马使用。他在想，是否能提炼出可以增强战斗力的药水，就像上次在角斗场时那些勇士们喝下的那种，不过不能有副作用，再者就是提炼出心灵药水，希望以后可以派上用场。

这时候，派出去的探骑也回来了。现在的形势和威尼推测的差不多，甚至要稍微严峻一些。塔克人是分两路走的，一路的主力是向东前进，另一路是向卡佩领地入侵，而亨利家族现在确实偏向联合塔克家族。毕竟贪婪和势力让他们一家亲。得知这个形势的威尼，大概有了想法。他决定先绕过亨利家族，一路北上支援卡佩家族，然后请利亚家族出兵，一起解决塔克家族东进的主力军队。猎人对威尼这个战略表示赞同，加上现在有这个地图辅助，行军也方便，军队不容易迷路和打转。猎人回忆起以前没有地图的时候，只能走到哪儿，打到哪儿，直至最后有了地图，但那会儿已经基本征服了其他家族，就暂时没用上了。他说，那时候的自己比威尼还小呢，在军队中只是一个普通的骑兵，后来立了战功，才得到封地，成为一名骑士。威尼说：“现在就是你回归战场的时候了。等打完这一场战，你再次回到莉娜家族，一定会被授予爵位的。如果我当上国王的话，那么你也可以来威尼领地。”现在走的路让威尼明白，已不是留恋和观赏沿途的风景的时候了，这是行军，得步步为营。

当他们来到名誉小镇时，小镇在他们眼前呈现出的景象是尸横遍野，随处可见肆意流淌的血液，倒塌的房屋明显有被火焰吞噬过的痕迹。树木都变得干枯了，散发出如死尸般的腐臭味，天空中盘旋着大量的秃鹫，有些已经在啃食尸体。原本美丽的小镇，此时却硝烟弥漫。这个惨状再一次证明了塔克人的丑恶，威尼下定决心，一定要将塔克人赶回他们的地方，不然的话，一定会有更多的人受到伤害。一些莉娜家族的士兵看到这个惨状，终于觉得这次是真正要上战场了。因为常年与世隔绝，他们的抗压能力明显下降，有不少人开始呕吐了起来。“看来塔克人刚离开这里不久，我们继续赶上去，应该可以找到他们。”猎人说道。威尼来到以前卡佩小姐开的面包店门前，他的心中还有卡佩小姐的影子，他想去告别这段记忆，因为他已经遇见一个真正喜欢的女孩子了。面包店的食物都被洗劫一空。威尼走进凌乱的面包店内，环视四周。以前他第一次来到这里时，想要来看看都没有机会。这次进来却是这般景象。他回忆第一次与卡佩小姐相遇时的那个画面，那时的香味还在他的脑海中。威尼翻了翻凌乱的橱柜，掀开倒地的柜子，看见有一条手绢，是以前卡佩小姐被带走时丢给他的那一条，但他没有接住。威尼将手绢塞进了兜里，然后离开了面包店。“现在名誉小镇上已经没有什么食物了，我们要去卡佩领地看看。希望那里还没被洗劫。”威尼说道。“威尼骑士，我们刚刚在小镇巷子的一个纸箱里发现一个小孩子。”士兵把他带了上来。“不用怕，告诉我，这里发生了什么事？”威尼问。“一群……一群塔克人……入侵了我们小镇，然后……然后到处杀人，还洗劫了镇上的粮食……”小孩子说完便嗷嗷大哭了起来。“这群塔克人真是太可恶了，简直不是人。”索尔说道。“那你知道他们往哪个方向去吗？”威尼问。小孩子抽搐着，战战兢兢地说：“他们往北部走了，应该是卡佩领地。”威尼看了看北方说道：“集结队伍，向北进军。你跟我们的队伍走吧。你现在无依无靠的。”队伍匆匆地向北部继续前进。一路上，他们看见很多尸骨，小草不再生长，目光所及之处皆是枯萎的景象。这让对死亡噩梦恐惧的索尔不停地颤抖着。这里就像当初那片枯树林，原本美丽的生物都失去了生机。

来到卡佩领地时，威尼的军队已经绕到了塔克人军队的后方。一支庞大的塔克人军队出现在他们面前，看样子，卡佩家族已经被打得溃败。威尼整合了自己的军队。“骑兵团跟我一起上，从后方突袭敌方，打乱他们的队伍，然后迅速撤退。”威尼说，“索尔带着我这颗兽牙饰品，还有这面威尼家族的旗帜，去北部请求利亚家族出兵相助。现在靠我们这支小军队，是不可能解除卡佩家族的危机的。”索尔接过威尼的军令后，拿起那杆深红色的威尼家族旗帜，骑着马奔向北部。威尼现在也不敢贸然出击，因为敌军的人数是他们的三倍以上。猎人也没打过这样双方人数悬殊的战斗。他以前跟随的威尼一世，可是拥有黄金铁骑的，每一个骑兵都能以一敌十，在战场上英勇无畏。正因为如此，这才助威尼一世统一整一片塔亚大陆。看到被围的卡佩领地，威尼准备发起第一波奇袭。“所有骑士现在和我一起冲向敌军阵营，你们代表的是正义与忠诚，去解救一个善良的家族吧。”威尼一声令下，骑兵排出阵型，一同冲向塔克军队。塔克人此时还没反应过来发生了什么事，就被攻击得溃不成军。威尼一马当先，身上的龙鳞盔甲让普通兵器对他毫无作用。他在塔克军队里像一个保龄球一般，不停撞飞这些塔克人，同时用长枪挑飞他们。“大家不要恋战，我们冲杀一波后就从另一边突围。”威尼大喊。这次的突袭也只能扰乱塔克人的进攻节奏而已，无法击败他们。塔克首领说道：“这是怎么回事？一支莉娜家族的骑兵就敢这样突袭我们。现在军队开始扩张，慢慢围住卡佩城堡，放开一个口子，看看他们还会不会再次来袭。”威尼这一波尝到了甜头，但是也不敢再轻举妄动，现在只能等索尔回来。

另一边，索尔已经见到了利亚。他将旗帜还有兽牙饰品拿给利亚看。“现在塔克人已经开始在中部的平原大肆杀害其他家族了，名誉小镇的人已经遇害了。我们请求利亚家族出兵相助。莉娜家族在兵力不足的情况下，依然拥护这位有着维尔国王血脉的威尼二世。”索尔焦急地说道。“你先别着急，我现在还没办法做出决定。我立马召开会议，你也一起来参加吧。”利亚说完，赶紧发布通知，让所有长老现在来到议会大厅。“索尔来求助，威尼现正带领着莉娜家族的军队在和塔克人战斗。他是威尼一世的孩子，拥有维尔国王的血脉，但这个是真的还是假的，我暂时无法判断。”利亚在大厅说道。“威尼二世？”“他不是出生不久后就夭折了吗？这是当时扎克发布的消息。”“不知道啊，但确实有人传出他被救了出来，然后流落在外。”大家七嘴八舌地讨论着。“现在的重点不是讨论威尼是真是假，而是我们要不要出兵去参与这场战斗。”利亚说。其中一个长老说道：

“如果真是威尼二世的话，那我们必须出兵，因为我们以前的祖训是拥护拥有维尔国王血脉的威尼家族。”“那目前怎么去证明威尼拥有维尔国王的血脉呢？”利亚说道，“但这样子我们就要先出兵，不然无法确定他的身份。”“他一定是威尼家族的人，也是王位继承人。莉娜小姐不可能平白无故地编出这样一个大事件，还有，我和威尼从小一起长大，他没有父亲、母亲，是莉娜小姐收养了他，族里的长老也隐瞒了他的身份。而且，他能在你们的北极雪山上驯服巨龙，他身上穿着的就是龙鳞盔甲。”索尔取下身上的克鲁斯的魔法杖，说道，“这是从前追随威尼一世的法师克鲁斯的魔法杖，莉娜小姐把它交给我，就是要我好好帮助威尼二世。”全场一片哗然。“那既然如此，先出兵解救吧。如果他真的是威尼二世，那我们拥护他，一起击败塔克军队。”利亚说道，“当然了，这次出兵我会一起，利亚家族就先由长老们主持。”利亚率领北部的大批军队前往支援，索尔在前面带着路，高高竖起威尼家族的旗帜。“太好了，这次能够和包围卡佩家族的塔克军队对抗了。”索尔兴奋地说道。

此时的卡佩家族危在旦夕。包围他们的塔克军队的统领，是塔克家族的公爵埃尔。他心性狡诈，一直在设陷阱，想引出威尼带领的莉娜家族军队。在埃尔的认知里，上一次的奇袭让他很是愤怒，莉娜家族的军队在他没有设防的情况下，给了他们一个强烈的冲击，然后还逃之夭夭，加上以前威尼和索尔在塔克家族的决斗场上让自己家族颜面尽失，回想此前种种，埃尔立誓一定要除去威尼。威尼看着战场的局势，十分的焦虑，一方面是卡佩家族正被一点一点地攻陷，另一方面他看出了埃尔拿卡佩家族给自己设下了陷阱，正等着自己去解救。如此狡诈的阴谋，让威尼很是头疼。现在若救的话，会面临着全军覆没的危险；若不救的话，会眼睁睁地看着卡佩家族被攻陷。埃尔的塔克军队已经在使用巨大的木桩撞击卡佩城堡了。城堡的门被撞开的那一刻，就是塔克军队洗劫城堡之时。威尼最后决定，再一次发动骚扰战术，因为他已经没有任何办法拖延塔克军队的入侵了，那么只能减弱塔克军队入侵的速度。"这次突袭塔克军队，大家一定要做好防御的准备，一切要小心，不要恋战。此次的目标是摧毁攻城的木桩，扰乱攻城的士兵阵型。"威尼下令。随后，猎人带着步兵队埋伏在不远处的高地上，如果威尼被围住出不来的话，他就带着这支军队等索尔回来再做打算。"我相信索尔一定可以带着利亚家族的军队来支援的。"威尼暗自鼓劲。"全体摆出冲锋阵型，这一次大家是凶多吉少，我们要注意保护好自己，冲杀一波便立马撤离战场。"威尼说完，便率先发起攻击。莉娜家族的骑兵也不懦弱，在威尼的带领下，英勇地冲锋，忠诚地跟在威尼身后冲入战场。

埃尔看着冲来的莉娜军队，正中他的下怀。他一挥令旗，塔克军队的阵型立马变样，开始向威尼率领的骑兵两侧包围起来。莉娜家族的骑兵队伍先对使用攻城器械的塔克士兵发起进攻，但在冲杀的过程中渐渐被包围了起来。等到威尼这边解决了攻城的塔克士兵后，他们已被围得严严实实了。面对比自己的军队人数多出三倍的塔克军队，威尼丝毫没有畏惧。他开始组织骑兵往一个方向杀出，但是塔克人拿着高大的盾牌封死所有方向，然后渐渐向他们逼近。这次埃尔看着走投无路的威尼，心中大喜，挥动旗帜，下令击杀威尼和莉娜家族的骑兵队伍。另一面的猎人也被塔克人发现了藏身之处，中了一个反伏击。猎人没办法，只能率领步兵队冲向威尼的骑兵队伍，打算汇合后突围。这下子，塔克军队重重包围起猎人的步兵队和威尼的骑兵队。“完了，这下看来是跑不掉了，如果索尔的援军没到的话，我们一定完了，会死在这里的。我的天啊！老天爷请保佑我们。”猎人禁不住在内心暗暗祈祷。威尼则率领着骑兵队在包围圈里横冲直撞，试图撕开一个口突围，无奈塔克人这次是做足了准备，没让威尼寻到任何突围的缝隙。塔克军队人数众多，他们时不时用长枪刺向被包围的莉娜家族军队。威尼眼睁睁地看着自己的骑兵、步兵接连倒下。威尼身上坚硬的龙鳞盔甲也在一点一点地消磨。正当威尼绝望之时，索尔带着利亚率领的军队从远处赶到，加入到战斗中来。白色的利亚家族旗帜飘扬起来，气势磅礴。利亚的骑兵大军拥入，势如破竹，瞬间冲散了塔克军队的包围圈。埃尔见形势不妙，想要逃跑，可是被利亚一刀结束了性命。“我们来啦！来得及时吧！”索尔喊道，然后快马奔向威尼。威尼已经气喘吁吁，快累坏了。“剩下就交给我和利亚吧。”索尔说。利亚率领北部的骑兵开始扭转战局。威尼下令：“开始反攻！消灭剩余的塔克军队。”过了不久，他们便解决了所有塔克人，解除了卡佩家族的危机。卡佩城堡的大门缓缓地打开，他们的族长卡佩深知威尼的两次救援，感动得无法言语，当场失声痛哭。“太感谢你们此次出手相助，如果没有你们，我们卡佩家族可能就要面临灭族的危机了。塔克人已经洗劫了我们领地大部分的村庄还有小镇。”卡佩痛苦地说道，“我这个族长很是失败，无法保护族人，无法捍卫自己的领地。”“不用多说了，我们先进城堡再聊。然后，让我们先喝口水。”威尼说道。“对对对，我们又渴又饿呢。”索尔说。“里面请，里面请，瞧瞧我这不礼貌的行为。”卡佩赶紧擦拭了眼泪，邀请他们进入了城堡。

城堡内的民众纷纷拿出食物犒劳解救他们的士兵。全城欢呼雀跃地欢迎他们进城。当威尼路过以前他去过的那个酒馆时，他问卡佩：“尊敬的卡佩族长，我可以邀请你进去一起喝两杯吗？”“当然可以了，你现在是我们的大恩人，是你解救了我们。如果你喜欢，我直接把这间酒馆买下送给你。”卡佩说。威尼走进酒馆，酒馆的老板还是那个之前偷他地图的人。酒馆老板一见大英雄光临自己的店，又惊又喜。“快，拿出你们店的好酒，好好地款待我们的大英雄。”卡佩说。“是是是，我马上拿，马上拿。”酒馆老板赶紧从酒柜中拿出一瓶上好的葡萄酒，为他们的卡佩族长，还有这位大英雄威尼倒上。威尼慢悠悠地拿出一袋金币，然后放到酒馆的吧台上。“这是什么意思？”卡佩疑惑地问道，“你来这儿喝酒，不需要给钱的。即使需要付钱，也应该由我来支付这酒钱。”“不不不，你们喝就行了，不用钱的。你们能来，是我这家小店的荣幸。”酒馆老板赶紧说。“这是还你的。以前我们没钱的时候，你送了我们一袋金币。那件事应该不会忘记吧。”威尼说，“你不要害怕，这是我们应该还你的。至于之前那件事，我也不会再追究了，但是你以后不可以再干那种事情了，最好能多多行善。”“会的，会的，自那以后我就没有干过了。”酒馆老板连忙回威尼的话。这段对话把卡佩听得是满脸疑惑。威尼喝完酒后，便和卡佩一起回了城堡。路上，威尼说道：“尊敬的卡佩族长，我需要你们的支持。现在还有一支塔克军队在向东部进军，他们正逼近威尼领地。所以我想要你们出兵，与我一同前往威尼领地，将这群贪婪的塔克人赶回他们自己的西部地区。”“我们的军队战斗力都不高，别看我们地盘大，看似很强，但是这次被他们塔克人打得全线溃败，真是太丢人了。”卡佩说道。“要是这样的话，那就是你的军队太久没有经历战争，又不勤加锻炼，这次可以随我一起去对抗塔克军队，提高军队的战斗力。”威尼说。“威尼真正的身份是威尼二世，拥有维尔国王的血脉，是维尔王国王位的继承人。我记得你们的先祖也有对当时的国王宣誓过无条件追随的吧。”索尔说。卡佩大惊，说道：“什么？威尼一世的儿子？他不是很早就夭折了吗？”“不，他被我们莉娜家族的莉娜小姐养大成人了，现在他肩负着使命，带领我们抗击此次的塔克大军。”索尔说。“这个我得召开我们族内的会议，这么重要的决策，我必须经过议会的商议再做行动。你们也跟我一起参加议会吧。”卡佩说道。卡佩家族的议会大厅，恢宏大气，饰品众多。议会的桌子是用上等的木材制成，上面涂有顶级的防腐蜡，擦得油亮油亮的。座椅都铺有带细丝的软垫，每把椅子上还配有一条蚕丝巾。在每张桌子上方都放着纸张、墨水和用鹰的羽毛制成的笔，一看就是有钱的大家族。这是威尼目前见过最奢华的议会大厅了。威尼一行进入议会大厅。之前那个公爵一眼就看到了威尼，上前说道：“这不是我的骑士吗？家族中的卡佩小姐还在等你来迎娶呢！等开完会就和我回家，我让你和卡佩小姐好好地聚一聚。”公爵一边拉着威尼的手一边说，还起劲儿地向其他人介绍起威尼。“公爵，议会内容可是决定要不要主动出兵一起抵抗塔克军队，现在不是你攀附人家威尼王子的时候。”卡佩说道。议会开始了。“现在威尼的身份得到肯定，他就是以前威尼一世的儿子，维尔王国未来的继承人，而且已经得到了莉娜家族和利亚家族的拥护。我认为我们卡佩家族也应该履行自己的诺言，拥护威尼二世。扎克这个暴君，得不到我们各个家族的支持，应该要下台了。”卡佩说道。场下没有什么反对的声音，因为这一次他们见到了塔克人的恐怖之处，差一点就被灭族了。“那我们留一部分士兵守卫卡佩领地，然后其他士兵就跟你一起去抗击塔克大军吧。希望打完这一次战争，塔亚大陆可以安定下来。”卡佩说道。卡佩家族的长老、贵族议员也都赞同这一决定。“今晚就在城堡内一起吃晚宴吧。”卡佩说，“我要宴请威尼王子、利亚族长，还有他们带来的骑士。”卡佩城堡又开始热闹欢乐起来，抹去了战后的沉寂与悲痛。

威尼来到了卡佩城堡的大平台上，望着城外尸横遍野的黑暗与城内万家灯火的明亮形成的很大的对比。这给他带来很大感叹，内心不禁开始想：虽然打败了塔克军队，但是很多人失去了性命。自己的父亲，威尼一世统一塔亚大陆时，也是这样打下一个王国，那么走上这王位，是踏着无数的生命的。威尼想，能不能去阻止战争的爆发，而不是以暴去暴。索尔在宴会厅没有看到威尼，便四下寻找起来，看到威尼站在大平台上，踉踉跄跄地走了上去。“尊敬的威尼王子，有什么需要服务的吗？”索尔装模作样地说。威尼回头看见是索尔，又看他这样子，就给他的屁股来了一脚。“少在这儿给我装模作样了。你好久没有陪我好好聊天了。”威尼失落地说。“唉，是呀，是呀，你是王子了嘛，谁会想到和自己从小玩到大的好朋友居然是王子，未来的国王呢。我还以为你最多继承莉娜小姐族长的位子。后来想想，你不是莉娜家族的人，也不可能。”索尔说。“你现在也好啊，以前你不也希望有个爵位吗，告诉别人你不再是那个没用的懦弱的索尔吗？现在你可是莉娜家族的魔法长老、男爵，以后还会接替你爸爸的大管家位置。等战争结束后，你就可以好好儿地在莉娜领地里快乐地生活。”威尼说，“对了，你的心灵药水研制出来了吗？我突然想到你还有这个东西。我的想法是，如果可以使用心灵药水的话，可以帮助减少战争。虽然塔克人很可恶，但是我们也杀了他们，就结果而言，我们与他们好像也没有什么区别。他们可能因为生活环境的恶劣，才会变成这样子。”“这个我研究过了，而且已经研制成功的了，主要是北极灵植太稀缺了，没有办法制出很多的药水。”索尔说。这确实是一个很大的问题，因为塔克军队人数众多，不可能给每个人都喝下这心灵药水。这让威尼白高兴了一场。“但是……如果说……能不能让塔克喝下这杯心灵药水呢？然后让他和我们好好谈谈这个和平的事情？”索尔提问道。这一问倒也把威尼问住了，这个他没想过可不可以，不过至少是可以试一下的，能避免一场战争，就尽量地去避免。威尼实在不想再看见这种极端的景象，希望塔亚大陆可以恢复往日的和平与安定。此时，一个仆人来通知威尼和索尔，说晚宴已经开始，请他们回到宴会厅入座。

威尼回到了宴会厅，便见到了那位让他多次无法入眠的人——卡佩小姐。毫无疑问她是公爵带来的。她的出现，一下子勾起了威尼的回忆。“尊敬的王子，你还好吗？”卡佩小姐小心翼翼地说。这句话一出口，威尼一下子感觉她不再是他认识的那个卡佩小姐了。以前的卡佩小姐从来没对威尼说过一句话，而威尼对她的感觉，或许只存在于眼神之间，存在于气味之中，存在于想象之下。卡莎就不一样了，不管威尼是否是骑士或是拥有爵位，她都想和威尼在一起。现在，威尼带着荣誉和地位回到了卡佩领地，公爵和卡佩小姐一下子就改变态度对待威尼，这让他有些失望。威尼失落的不是当初卡佩小姐没有陪着他一起离开，其实公爵没有做错什么，卡佩小姐也没有做错，只是他们终究不是陪对方共度一生的那个人。威尼从兜里拿出那块手绢，递给了卡佩小姐，然后一句话也没有说。威尼也在这一刻放下了对她的所有幻想，也想好了谁才是真正需要他去守护的人。

晚宴结束后，威尼跟卡佩说，明天他就要带领军队离开这里。因为塔克大军现在直逼威尼领地，临近的约翰家族也祸福难料，所以他不可以在这里停留太久。

第十七章

※

天一亮，威尼率领着军队向东部进军，派出两拨快马去前方打探战况。一拨取东部的威尼领地，探查塔克大军的位置；另一拨前往神秘的约翰家族，看看是否已被占领。他自己则带领三个家族的大军稳步前往战场。现在威尼的军队人数众多，旗帜飘扬，有紫色的莉娜家族旗帜、白色的利亚家族旗帜、蓝色的卡佩家族旗帜，还有唯一一面深红色的威尼家族旗帜，浩浩荡荡。“现在可真威风，没想到可以这样子率领这么大的一支军队走上战场。”索尔说，“现在你可是统领这支军队的王，还是带头冲锋的骑士，身上的龙鳞盔甲也格外耀眼，难怪公爵现在想要将自己的女儿嫁给你了。要我是女人，我也要嫁给你了。”“一边待着去，少在这里唠唠叨叨的，能力越大，也就意味着责任越大。现在我可是想要当回以前那个骑士游侠，那样子自由一点。”威尼说道。前进路上的景色不像以前那么优美，而是像被腐蚀过一样，总有着和枯树林一样的色调。卡佩家族的一个士兵说：“这种景色只会是塔克军队经过之后才有，他们所到之处都变得十分荒凉。”威尼听完，觉得有些难受，这到底是用有色眼镜看人呢，还是塔克人原本就是这样？他们就是这样的人？

威尼回忆起以前他在塔克领地时见到的那些环境，仔细想想，那里的生活环境很是恶劣，所以不排除他们可能是因为地域环境的影响才会变成现在这个样子。正当威尼还在思考这些问题时，索尔的话点醒了他。“你忘了那位老巫师说的话了吗？他们原本就是贪婪的人，懒惰的人，总喜欢不劳而获。要不然威尼一世为什么会将他们赶去乌尼亚斯山脉以西呢？”索尔说道。“说是这么说，还是看看能不能有机会让塔克族长喝下这瓶心灵药水，然后再和他谈谈和平解决的问题吧。我不想再继续打下去了，这样的战争都是在伤害着无辜的生命。”大军缓缓向东部挺进，威尼和索尔一边说着，一边等待着派出去的快马骑兵回来汇报，准备与最后这支塔克主力军对阵。最好就是可以和平地解决问题，实在不行，就只能开战了。这就是威尼的想法。

快马骑兵终于都回来了。现在的塔克主力军队在与扎克率领的威尼家族黄金骑士团对峙，约翰家族的人则在隔江观望着这两军，应该是想坐收渔翁之利吧。因之前游历塔亚大陆各家族的计划受到了影响，威尼还没有去过约翰家族。他稍微知道这个家族的大概情况。相传以前，威尼家族与约翰家族之间的矛盾挺深的，从威尼一世的父亲那一代开始，这两个家族就一直在隔江战斗，不是威尼一族入侵，就是约翰一族入侵。两方一直处于不友好的状态。但他们又是共饮一条江水的两个家族，在发生洪涝灾害时，他们会一起动用自己家族的军队去抗洪救灾，一起治理江水。这时两个家族的关系看似有所缓和，可下一秒又开始为谁在治水时多出了一块砖头而吵架。

威尼知道这两个军情后，决定前往威尼领地去支援自己的叔叔，至于约翰家族，先不理会他们的行动。现在有着三个家族的支持，其他家族都会对他忌惮三分，所以约翰家族一定不敢随便做出军事行动的。

这边的塔克和扎克算是老相识了，因为他们以前就在战场上交过手。两人此时正在两军阵前聊起往事。“这么久没有见面，你还好吗，扎克先生？哦，不，应该是扎克国王，一个没有被承认的国王。”塔克丝毫不客气地说道。“还好，还好，总比你这个老头好。虽然我们年龄一样，但是我怎么看着你比我老那么多，是这段时间过得太累了吗？从你那个老窝出来透透气了？”扎克回嘴道，“我还记得以前我和我哥哥把你们赶出去了，现在你居然还敢来我们威尼领地。”塔克满脸不屑地看着扎克，说：“你亲手杀害了你的哥哥，夺了王位，别以为我不知道。虽然我们家族以前是被打败了，但是我们是臣服威尼一世的，你算什么！我也不跟你废太多的话了，我只要你脚下这片土地。”塔克说完，便返回军中。“有能耐就来取吧，你个丑陋的塔克人。”扎克说完，也返回军中。

回到军中的扎克显然没什么底气。他看到塔克军队的数量是自己两三倍，加上现在的黄金骑士团已经没有之前那么强大的战斗力了。他也老了，怕也已经没有办法像以前那样率领军队冲锋陷阵了，已经无法当那个冲在前面的骑士了。

至于那块神石，也因被法师施过魔法，只有流着国王血脉的人才可以得到神力。得不到这个力量的扎克，有气撒不出。但是为了家族荣誉，他还是得率军抵御这些外来侵略者。

“有探兵来报，不远处出现了大批军队，他们的旗帜众多，有莉娜家族、利亚家族、卡佩家族。”扎克身边的副将说道。“什么？难道各家族都趁这个时候来进攻我威尼家族吗？难道维尔王国要灭亡了吗？”扎克心头一惊，无奈地说道，“算了，先想办法打败这些塔克人吧。这才是最要命的。”此时，塔克一挥令旗，塔克家族的骑兵率先发起攻击。扎克也不甘示弱，下令黄金骑士团与对方的骑兵硬碰。不一会儿，两军就冲杀在到一起。扎克也是残忍，为了胜利，宁愿牺牲自己的骑士团。他发出命令，布置弓箭手，向两军厮杀的阵地射箭。一瞬间万箭齐发，塔克军队死伤惨重，黄金骑士团几乎战死在里面。无奈塔克人多势众，他们的骑兵冲入了扎克的军队营地，蛮横地攻击。

等到威尼率领的大军来到时，已经无法阻止这场战争了。威尼只能下令：“将他们包围起来，丢下武器者不杀。”在乱军之中的塔克和扎克都傻眼了，塔克是完全不知道还有这一支军队的存在，而扎克则是没有想到他们会这么快来到战场。但是他一眼认出那个穿着龙鳞盔甲的人就是威尼，因为威尼实在和威尼一世长得太像了。威尼以迅雷不及掩耳之势，将整个战场控制住。塔克的大军和扎克的大军见大势已去，纷纷丢掉手里的武器，放弃抵抗。

“我是威尼二世，我希望所有人放弃战争的念头，以和平的方式解决问题。如有抵抗者，就不要怪我无情了。”扎克和塔克这两个领军的人被带了出来。

“亲爱的威尼二世，这些年你跑哪儿去了，叔叔我可找了你好久呢！你现在终于回来了。”扎克说道。“这威尼现在可真是长本事了，以前在我那儿还只是带了个随从，现在居然带上了三个家族的军队了。早知道，以前就不给你决斗的机会，应该直接杀了你才是。”塔克愤怒又后悔地说着，宣泄着情绪。这时的扎克好像已经将生死置之度外，他知道成王败寇这个道理，也就无所畏惧了，在心里已经做好被处决的准备。可是威尼接下来说的话让他们意想不到。“我不想杀你们，我只想要这个塔亚大陆可以和平。你们塔克家族生活的地方我去过，环境确实很恶劣。如果你们以后不再贪婪成性，我允许你们在这塔亚大陆中部的地方生活。”威尼说完，看向扎克。扎克被眼前这位王子的气魄所震撼，其魄力丝毫不输他的哥哥威尼一世。但是老辣的扎克终究还是察觉到威尼身上依然存在的一丝童真。虽然他想把塔克赶尽杀绝，但碍于现在是威尼控制着局面，自己也不好说些什么，与其表现得过于残忍，让威尼厌恶，还不如做个顺水人情。就这样，塔克带领他残余的军队回到威尼所指定的地方生活。

此时的天空，乌云正慢慢散去，太阳照耀着大地。威尼终于回到了维尔城堡。他来到议会大厅，面向王位，看着那冰冷的宝座，思考了起来……

后　记

两年前爱上了写小说。写小说之前曾写过散文，在报刊上发表。后来爱看起了小说，先后读了《白鹿原》《棋王》《黄雀记》……重点是读了《堂吉诃德》《冰与火之歌》后，我在思考，我自己能不能也写一部关于骑士的小说。骑士在我脑中都是那个英勇无畏的角色，在童话故事里头担任着救公主、屠龙等角色，是许多小男孩心中的偶像。

构思小说之前其实也有着一个非常有意思的故事。因为我不是中文专业的，所以在别人知道我能写散文发表报刊，他们都感到很不可思议。有一次我和朋友一起闲聊，突然说我要写小说，说要出书，他们都笑了。那会儿我心里其实十分有底气，貌似有着某种魔力，那种魔力和我说，我可以做到。但最重要的，是我在朋友们面前把牛吹出去了，自己没做到岂不是很没面子？于是，我用一个暑假的时间写了这本《威尼的梦想》。至此一发不可收拾，在第一年的寒假和第二年的暑假里再写了第二部和第三部。

完成后，我感觉其实很多事情，我们都是可以做到的。后来沉下心，思考了一番，在写小说这条道上刚刚起步，我要秉着一颗虔诚的心，怀揣着敬畏去感悟文学，写好小说。